Meinen Lesern

Heinz G. Konsalik

Von Heinz G. Konsalik sind folgende Romane als Goldmann-Taschenbücher erschienen:

Eine angesehene Familie (6538) · Auch das Paradies wirft Schatten / Die Masken der Liebe (3873) · Bluthochzeit in Prag (41325) · Duell im Eis (8986) · Engel der Vergessenen (9348) · Der Fluch der grünen Steine (3721) · Der Gefangene der Wüste (8823) · Das Geheimnis der sieben Palmen (3981) · Geliebte Korsarin (9775) · Eine glückliche Ehe (3935) · Das goldene Meer (9627) · Das Haus der verlorenen Herzen (6315) · Der Heiratsspezialist (6458) · Heiß wie der Steppenwind (41323) · Das Herz aus Eis / Die grünen Augen von Finchley (6664)

Ich gestehe (3536) · Im Tal der bittersüßen Träume (9347) · Im Zeichen des großen Bären (6892) · In den Klauen des Löwen (9820) · Kosakenliebe (9899) · Ein Kreuz in Sibirien (6863) · Leila, die Schöne vom Nil (9796) · Liebe am Don (41324) · Liebe auf dem Pulverfaß (9185) · Die Liebenden von Sotschi (6766) · Das Lied der schwarzen Berge (2889) · Manöver im Herbst (3653) · Ein Mensch wie du (2688) · Morgen ist ein neuer Tag (3517) · Promenadendeck (8927)

Schicksal aus zweiter Hand (3714) · Das Schloß der blauen Vögel (3511) · Schlüsselspiele für drei Paare (9837) · Die schöne Ärztin (3503) · Die schöne Rivalin (42178) · Schwarzer Nerz auf zarter Haut (6847) · Die schweigenden Kanäle (2579) · Sie waren Zehn (6423) · Sommerliebe (8888) · Die strahlenden Hände (8614) · Die Straße ohne Ende (41218) · Tal ohne Sonne (41056) · Die tödliche Heirat (3665) · Unternehmen Delphin (6616) · Der verkaufte Tod (9963) · Verliebte Abenteuer (3925) · Wer sich nicht wehrt... (8386) · Wer stirbt schon gerne unter Palmen... 1: Der Vater (41230) · Wer stirbt schon gerne unter Palmen... 2: Der Sohn (41241) · Wie ein Hauch von Zauberblüten (6696) · Wilder Wein (8805)

Ferner liegen als Goldmann-Taschenbücher vor:

Stalingrad. Bilder vom Untergang der 6. Armee (3698)
Die fesselndsten Arztgeschichten.
Herausgegeben von Heinz G. Konsalik (11586)

KONSALIK

Die schöne Rivalin

GOLDMANN VERLAG

Ungekürzte Ausgabe

Umwelthinweis:
Alle bedruckten Materialien dieses Taschenbuches
sind chlorfrei und umweltschonend.
Das Papier enthält Recycling-Anteile.

Der Goldmann Verlag
ist ein Unternehmen der Verlagsgruppe Bertelsmann

Made in Germany · 1. Auflage · 6/93

Umschlagentwurf: Design Team München
Umschlagfoto: Alexandre / Bavaria, Gauting
Druck: Elsnerdruck, Berlin
Verlagsnummer: 42178
MV · Herstellung: Stefan Hansen
ISBN 3-442-42178-0

»Das also ist St. Tropez!« sagte Thomas Bruckmann.

Er hatte den Wagen nach einer Kurve angehalten und stieg aus. Irene und Sonja, seine Frau und seine Tochter, kletterten ebenfalls aus dem Auto und sahen sich um. Hinter ihnen stießen die Berge der Monts des Maures in den unwahrscheinlich blauen Himmel. Vor ihnen lag die Küste, felsig, mit kleinen Buchten und hellen Strandflecken. Das Meer schäumte gegen die Klippen, und die Sonne tauchte die weißen Luxusvillen auf den Felsen in ein goldenes Licht. Auf einem Vorsprung zwischen zwei Buchten lag St. Tropez, ehemals ein kleines Fischerdorf, nun der Traum von Reichtum und Eleganz, ein Tummelplatz der Industriellen, Manager, Schauspieler und Playboys.

»Schön ist es hier«, sagte Sonja. Sie trug lange Hosen und ein schwarzes Polohemd. Das blonde Haar flatterte unter ihrem Hut hervor. Bruckmann sah seine Tochter an und dachte: Die Hose ist zu eng, das Hemd zu ausgeschnitten, die Haare sind zu lang. Aber sage einer einmal so was zu seiner achtzehnjährigen Tochter! Sofort gilt man als unmodern und verkalkt. Auch Irene fängt ja schon an, sich ganz auf den Süden einzustellen, trägt einen weiten Rock und einen engen Pulli. Immerhin, sie kann es sich leisten. Sie sieht mit ihren 42 Jahren noch verteufelt jung aus.

Und auch die Figur ist noch wundervoll. Wenn man Mutter und Tochter so nebeneinander sieht – es ist eine Augenweide für einen Mann! Ob Frauen unter südlicher Sonne aufblühen? In Hamburg hatte er kaum bemerkt, wie hübsch seine Frau noch war.

Er sah an sich hinunter. Was mich betrifft: Ich habe einen Bauchansatz; wenn ich zehn Minuten gehe, tun mir die Füße und Waden weh.

Thomas Bruckmann saß während des ganzes Jahres nur im Auto oder hinter dem Schreibtisch. So war das nun mal, was sollte man da machen? Jetzt allerdings, wo er in wenigen Minuten in eine Welt eintreten würde, in der Schönheit selbstverständlich war, kam er sich ein wenig als Außenseiter vor. Um ehrlich zu sein: Bruckmann wäre auch nie nach St. Tropez gefahren, hätte er nicht das Angebot erhalten, die Einrichtung eines alten Schlosses aufzukaufen. Es sollten echte Möbel aus mehreren Jahrhunderten darunter sein und wundervolle Vasen.

Das hatte dem Herz des Kunsthändlers Bruckmann einen Ruck gegeben. Und seiner Familie konnte er gar keine größere Freude machen. Als er Irene und Sonja vor vier Wochen verkündete: »Wir fahren zum Urlaub nach St. Tropez!«, da hatte seine Tochter einen hellen Schrei des Entzückens ausgestoßen, und seine Frau hatte die Hände über dem Kopf zusammengeschlagen und gestöhnt: »Das verrätst du erst jetzt? Wie soll die Schneiderin bis dahin alles schaffen?«

Und nun standen sie oben auf der Höhenstraße, und die Märchenstadt St. Tropez lag vor ihnen in der Sonne.

Irene Bruckmann legte die Hand wie einen Schirm vor die Augen, blickte über das Meer und fragte: »Mieten wir uns ein Segelboot, Thomas?« Seit ihrer Kindheit war es ein stiller Traum von ihr, unter einem flatternden Segel lautlos über das blaue Meer zu gleiten.

»Ich verstehe nichts vom Segeln«, sagte Bruckmann.

»Man kann auch Boote mit Führern mieten«, meinte Sonja; »noch schöner ist ein schnittiges Motorboot.«

»Benzingestank hast du im Auto genug«, wehrte Bruckmann ab.

»Aber nicht auf dem Mittelmeer!« Sonja und ihre Mutter wechselten einen schnellen Blick. Der Alte! Rückständig wie seine Antiquitäten! Ob Berufe so stark abfärben?

»Fahren wir!« schlug Bruckmann vor, um weiteren Diskussionen aus dem Weg zu gehen. »Wenn es euch beruhigt: Das Hotel Miramare liegt direkt am Strand.« Er stieg wieder in seinen Wagen und wartete, bis auch seine Familie eingestiegen war. »Von oben sieht alles herrlich aus. In spätestens zwei Wochen habt ihr es satt und findet alles langweilig. Ich kenne das doch. Das war bei euch immer so im Urlaub.«

»Wir waren aber noch nie in St. Tropez«, sagte Irene spitz.

Und Sonja fügte hinzu: »In St. Tropez ist jede Stunde ein Abenteuer. Du wirst es sehen, Papa!«

Sie sollte recht behalten. Es kamen so viele Abenteuer auf die Familie Bruckmann zu, daß sie für ein ganzes Leben reichten.

Die ersten Tage waren angefüllt mit Schauen, mit Wanderungen durch die Gassen und an den Fenstern der Boutiquen vorbei. Die Augen Irenes und Sonjas glänzten vor Begeisterung. Sie hatten traumhafte Schuhe gesehen, Kleider aus handbemalten Stoffen und atemberaubende Bikinis. Trotz unwilligen Knurrens ihres Vaters kaufte sich Sonja eine schicke weiße Hose, hauteng und auf den Hüften aufliegend. Dazu ein Oberteil, so kurz, daß zwischen Hosenbund und Bluse ein breites Stück Bauch mit dem Nabel freilag. Sonja behielt es im Laden gleich an und schwebte glücklich durch die Gassen, von den wohlgefälligen Blicken der jungen Männer verfolgt.

»Im Nabel fehlt noch eine geschliffene Glasscherbe«, sagte Bruckmann giftig. »Wenn es Mode wird, sich Pfauenfedern in den Hintern zu stecken, macht ihr das auch noch mit, was?«

Irene legte beschützend den Arm um ihre Tochter. »Sonja steht das fabelhaft!« stellte sie fest. Selber hatte sie sich ein Kleid aus rotem Stoff mit Handmalereien aus Tahiti gekauft, das heute abend Premiere haben sollte.

Bruckmann grinste verstohlen. Im Süden verlieren die Frauen ihr Gehirn, dachte er. Nur gut, daß einer aus der Familie auf dem Teppich bleibt. Dann, als sie alle ziemlich erschöpft unter dem Sonnenschirm eines Restaurants bei einem Campari saßen, hatte er plötzlich eine Idee, verschwand unvermutet und kam nach einer Viertelstunde zum Restaurant zurück in neuen hellen Hosen und einem himmelblauen, an der Brust offenen Hemd. Wortlos setzte er sich an den Tisch und erwartete einen Protestausbruch seiner Familie. Aber nichts geschah. Irene sagte nur leichthin:

»Steht dir gut, Thomas. Wirklich.«

Und Sonja stellte nüchtern fest: »Endlich wirst du modern. Nun paßt du zu uns!«

Bruckmann ärgerte sich über diesen Schlag ins Wasser. Doch als sie später gemeinsam hinunter zum Hafen gingen und zwei langbeinige Mädchen mit flatternden Mähnen ihn anlächelten und mit ihren hellen Augen blinkerten, da hob er den Kopf, fühlte sich um zwanzig Jahre jünger und gewöhnte es sich an, beim Gehen leicht die Hüften zu schwenken.

Die ersten Tage waren die geschäftigsten. Nach Einkäufen und Eroberungsgängen durch St. Tropez fuhren sie auch hinaus zu dem alten burgähnlichen Schloß, das Thomas Bruckmann ›ausschlachten‹ sollte, wie er es nannte. In den hohen und weiten Sälen standen wundervolle Möbel, und Bruckmann verbrachte allein in der unteren Etage vier Tage damit, die wertvollsten Stücke zu bestimmen und zu schätzen.

»Was sollen wir dabei?« fragte Irene am vierten Tag. »Soll ich von der Côte d'Azur nichts als holzwurmzernagte Sessel in Erinnerung behalten? Du brauchst uns doch nicht, um ins siebzehnte Jahrhundert zu tauchen. Sonja und ich, wir gehen an den Strand.«

Am sechsten Tag hatte sich die Familie gespalten. Irene lag in der Sonne, las Romane und wehrte zwei junge Männer ab, die sich niederließen und mit ihr eine Unterhaltung anfangen wollten.

»Was suchen Sie hier?« sagte sie und schüttelte den Kopf. »Kaufen Sie sich eine Brille, meine Herren! Ich könnte Ihre Mutter sein. Sie verschwenden Ihren Charme an der falschen Stelle.«

Danach hatte sie Ruhe. Am Nachmittag kam dann Thomas und erzählte von seinen Entdeckungen im Schloß. »Wo ist eigentlich Sonja?« fragte er.

»Sie fotografiert«, erklärte Irene. »Du weißt doch, was für gute Bilder sie macht. Und wenn sie den Sachs oder vielleicht sogar den Boris Becker aufs Foto bekommt, dann platzen ihre Freundinnen vor Neid.«

Am siebenten Tag kam das Schicksal auf Sonja zu. Ein weißer offener Sportwagen hielt unmittelbar neben ihr. Die Räder quietschten.

»Hallo!« sagte eine Stimme. »Wenn Ihr Herz so goldig ist, wie es Ihre Haare sind, dann müssen Sie ein wahres Goldmädchen sein!«

Sonja blieb stehen und wandte sich um. Sie sah ein lachendes, braungebranntes Männergesicht. Braune Locken fielen ihm bis auf die Stirn. Die Zähne blitzten wie im Fernsehen bei der Zahnpastareklame. Der junge Mann sprach deutsch, ohne Akzent.

»Sie finden sich wohl sehr witzig, was?« antwortete Sonja etwas schnippisch. Der junge Mann nickte heftig.

»Sie können nicht leugnen, daß ich recht habe. St. Tropez ist heller geworden, seitdem es Sie hier gibt.«

»Blödsinn! Was wollen Sie überhaupt?«

»Mit Ihnen einen Aperitif trinken. Ganz brav, ganz unverbindlich. Es ist jetzt genau die Zeit, wo ich meinen Calvados trinken muß.«

Gegen ihren Willen mußte Sonja lächeln. Was sie sich heimlich erträumt hatte, das geschah nun tatsächlich hier in St. Tropez, mitten auf der Hafenstraße. Ein weißer Sportwagen! Und ein junger Mann, der echt Spitze war!

Die Tür an Sonjas Seite klappte auf. Der junge Mann beugte sich zur Seite. »Steigen Sie ein, blonder Engel! Gegen einen Aperitif können der liebe Gott und der Herr Papa nichts haben.«

»Ich kenne Sie ja gar nicht.«

»Dem ist schnell abzuhelfen: Ich heiße Michael Heideck und komme aus Hamburg. Mein Vater ist Fabrikant. Ich bin sein einziger Sohn, bin froh, daß mein Alter so viel Zaster gescheffelt hat und freue mich, daß ich lebe. Meine Freunde nennen mich Mischa. Noch weitere Auskünfte? Halt – ja! Ich bin weder verheiratet noch verlobt, aber immer verliebt; zuletzt in ein Mädchen mit langen blonden Haaren, das... na, wie heißt es denn?«

»Sonja«, sagte Sonja kurz. »Auch aus Hamburg.«

»Das darf doch nicht wahr sein!«

»Ist es aber.«

»Und so etwas habe ich auf dem Jungfernstieg noch nicht entdeckt?!«

»Wir gehen vielleicht zu weit auseinanderliegenden Zeiten dort spazieren.«

»Eins zu Null für Sie, Sonja. Ich merke schon: Sie sind eine Kratzbürste. Haben Krallen wie eine Katze. Aber ich liebe Katzen, vor allem die gefährlichen Raubkatzen – ich wollte eigentlich immer Dompteur werden. Wollen wir mein Talent mal testen?« Er klopfte mit der flachen Hand auf das rote Lederpolster seines Sportwagens: »Allez hopp ... aufs Kissen! Allez!«

Sonja lachte und stieg ein. »Sie sind wohl sehr stolz auf Ihr Mundwerk, was?«

»Gewonnen! Die Raubkatze sitzt!«

»Aber nur, weil ich Durst habe. Bilden Sie sich nichts ein, Mischa!«

»Danke!«

Sonja sah ihn verblüfft an. »Wieso danke?«

»Sie haben eben Mischa gesagt. Ich bin also ihr Freund ...«

»Das ist mir nur so herausgerutscht.«

»Natürlich!« Der Wagen schoß vorwärts, die Küstenstraße entlang. An einem Lokal, das wie eine Piratenschenke aussah, hielten sie. Vor ihnen lag das Meer; die Wellen brachen sich an den Klippen und schäumten über die Felsen ...

Am Abend saß Sonja mit verträumten Augen auf der Glasterrasse des Hotels Miramare und stocherte gedankenverloren in ihrem Abendessen herum. Thomas Bruckmann, ihr Vater, erzählte von dem alten Schloß. »Da hängen wenigstens vierzigtausend Mark Reinverdienst drin«, schwärmte er. »Und wenn ich die Gobelins noch dazu bekomme, mache ich ein Geschäft wie ein Levantiner.«

Sonja atmete tief auf. »Kennst du in Hamburg einen Heideck, Paps?« fragte sie plötzlich.

Bruckmann nickte. »Maschinenfabrik, Richtung Wedel. Ist Kunde bei mir. Mußt du doch kennen von den Rechnungen. Warum?«

»Ich habe den einzigen Sohn kennengelernt.«

»Wann?«

»Heute. Am Hafen.«

»Du kriegst die Motten!« Bruckmann lachte laut. »Wie klein die Welt doch ist. Heideck ist in St. Tropez! Für den alten Heideck will ich ja die Gobelins kaufen. Bring den Jungen mal morgen mit an den Strand. Der kann seinem Vater gleich schreiben, was ich ihm voraussichtlich mitbringen werde.«

Sonja und ihre Mutter wechselten wieder Blicke. Das hieß: Der hat wieder nur seine Geschäfte im Sinn!

»Wir wollen nachher noch etwas an den Strand«, meinte Irene. »Gehst du mit?«

»Nee. Ich trink' hier meinen Wein. Bin heute genug rumgelaufen.« Bruckmann lehnte sich zurück. Er hatte seine eigene Auffassung von St. Tropez.

Und das war gut so; denn Mutter und Tochter hatten sich allerlei zu erzählen. Unter vier Augen.

In diesen Tagen trafen sich in Cannes fünf Männer. In ihren modernen Sommeranzügen, die sich in nichts von tausend anderen unterschieden, wirkten sie unauffällig wie normale Kurgäste. Nur etwas war merkwürdig: Sie gingen alle in ein und dasselbe Hinterzimmer eines Hotels, schlossen hinter sich die Tür ab und setzten sich um einen runden Tisch.

»In Marseille«, sagte einer der Herren, er trug einen kleinen Schnauzbart, »sind zehn Pfund Heroin aufgetaucht. Und im Hafen von Toulon wurde ein Matrose des Kreuzers ›Lyon‹ aufgegriffen, der in den Taschen vierzig Gramm reines Heroin hatte. Es geht also wieder los. Natürlich war nicht herauszubekommen, woher der Stoff stammt und wer die Hintermänner sind. Den kleinen Schleppern und Verteilern liegt noch der brutale Mord an ihrem ›Kollegen‹ Briquat im Magen. Er hatte im Kittchen einen gewissen Namen verraten und war dafür, daß er gesungen hatte, drei Stunden nach seiner Entlassung aus dem Gefängnis eine Wasserleiche. Diese verfluchten Gangster sind schnell bei der Hand, wenn es darum geht, ein abschreckendes Exempel zu statuieren, um der Polizei damit die Arbeit zu erschweren. Jedenfalls hat nach allem, was wir jetzt wissen, eine neue Saison begonnen. Der Rohstoff muß über Hongkong, Singapur oder Bangkok kommen, und verschiedene Anzeichen deuten darauf hin, daß er hier im Mittelmeerraum verarbeitet wird und daß irgendwo in dieser Gegend auch der Kopf der Bande sitzt. Deswegen habe ich Sie zu dieser Konferenz gebeten. Nur bei engster Zusammenarbeit der Behörden unserer Länder werden wir es vielleicht schaffen, an den Chef des Rauschgiftringes heranzukommen.«

»Und was soll im einzelnen geschehen?« fragte einer der Herren. Er kam aus Griechenland.

»Vor allem müssen wir damit aufhören, immer wieder nur die kleinen Verteiler festzunehmen. Das führt doch zu nichts. Wenn wir sie dagegen laufen lassen und jeden ihrer Schritte kontrollieren, können wir nach und nach den Faden aufrollen bis zum Ende, kommen wir eventuell über die Distriktbosse an den Oberboß heran. Das erfordert selbstverständlich Geduld, meine Kollegen, und sicher wohl auch ein dickes Fell gegenüber den eigenen Vorgesetzten, wenn denen das Tempo der Ermittlungen zu langsam erscheint.«

Die Leiter der Rauschgiftdezernate aus fünf Ländern machten ernste Gesichter. Jedem von ihnen war klar, worum es ging. Irgendwo in diesem Paradies des Mittelmeers saß ein Mann, der Opfer für eine Hölle suchte. An dem Leid der Rauschgiftsüchtigen verdiente er Millionen.

Dreimal hatte Kommissar Bouchard nahe vor der Lösung des Rätsels gestanden, wer der große Unbekannte war. Und dreimal wurden die Zeugen ermordet – sogar im sicheren Gefängnis. Bis heute wußte man noch nicht, wer ihnen das tödliche Gift ins Essen gemischt hatte.

Bald spielte es sich so ein, daß Sonja untertags mit Mischa Heideck wegfuhr und mit ihm die Küste Frankreichs erkundete. Ganz korrekt hatte sich Mischa den Eltern Sonjas vorgestellt und um die Erlaubnis gebeten, Sonja ausführen zu dürfen.

»Ich kenne Ihren Vater«, sagte Bruckmann jovial. »Ich gehe davon aus, daß Sie ihm nachgeraten sind und ich deshalb keine Bedenken zu haben brauche. Mit anderen Worten: Ich vertraue Ihnen, Mischa.«

»Das werde ich Ihnen nie vergessen, Herr Bruckmann«, lachte Mischa fröhlich und entführte Sonja zu seinem schnellen Wagen.

»Ein netter Junge«, meinte Bruckmann zufrieden. »Oder siehst du das anders, Irene?«

»Nein ...« Das klang sehr gedehnt. »Nur fällt mir auf, daß Sonja immer schweigsamer wird. Sonst erzählt sie mir alles.«

»Hast du deiner Mutter alles erzählt, als wir uns kennenlernten?«

»Nein«, gab Irene zu. »Aber damals ...«

»Papperlapapp! Man soll von seinen Töchtern nicht mehr verlangen, als man früher selbst getan hat.«

Irene sah ihren Mann erstaunt an. »Du entwickelst ja neuerdings reichlich freizügige Ansichten, Thomas. Das bin ich von dir gar nicht gewohnt.«

»Vielleicht macht das die Luft von St. Tropez.« Bruckmann drehte sich auf die Seite und starrte zum Meer. Sein Blick war versonnen. Er dachte an die junge Tochter des Schloßverwalters. Lisette hieß sie und war 23 Jahre alt.

Gestern hatte sie zu ihm gesagt, er sei ein großer, starker Mann, und Haare habe er wie Silber...

Und Augen hatte Lisette, Augen!

Bruckmann schnaufte durch die Nase.

Er spürte ganz deutlich, daß er anfing, St. Tropez zu lieben.

»Du kannst küssen, als hättest du es schon oft geübt«, sagte Mischa leise und strich Sonja mit den Fingerspitzen über die halb geöffneten, heißen Lippen.

»Großer Irrtum!« lächelte Sonja. »Das ist reine Naturbegabung.«

Sie lagen nebeneinander auf einer dicken Decke, blinzelten in die Sonne und genossen das verführerische Rauschen des Meeres.

Ich bin in ihn verknallt, dachte Sonja. Ganz und gar verknallt. Und es ist ganz anders als sonst. Gewiß, ich habe schon viele Jungen gern gemocht. In der Disco, auf Partys, beim Tennis oder beim Schwimmen. Ab und zu hat es auch einen Kuß gegeben. Aber so wie heute war es noch nie. Heute durchströmt mich ein wunderbares Glücksgefühl. Heute möchte ich in die Welt hinausrufen: Ich liebe ihn!... Wie schön das ist.

Mischa Heideck scharrte mit den Zehen in den runden, blanken Kieseln, mit denen der kleine Strand übersät war. Auch er war in Sonja verliebt, aber gleichzeitig dachte er jetzt an Hamburg und an Ellen Sandor, die einzige Tochter vom Boß der Niederrheinischen Stahlwerke, Hermann Sandor. Ellen war 20 Jahre alt, wild, eine schwarzgelockte Partylöwin, die ihm schon am ersten Abend ihrer Bekanntschaft den Schlüssel zu ihrem Gartenpavillon zugesteckt hatte. »Ellen Sandor, das ist gut«, hatte der alte Heideck gesagt. »Wenn Heideck und Sandor einmal zusammengehen, ist das eine gute Verbindung. Stahlerzeugung und Stahlverarbeitung – du hast den richtigen Riecher, mein Junge!«

Von da an galten sie als heimlich verlobt. Sie konnten sich treffen, wo sie wollten, und sie nutzten es aus. Sie liebten sich ausgiebig – wer hätte die wilde Ellen nicht lieben können? In ihrer Gegenwart dachte man an nichts anderes mehr. Mischa gefiel das alles, und er wollte es auch in Zukunft nicht missen. Aber schloß dies aus, daß man sich in St. Tropez auch einmal mit einem anderen Mädchen amüsierte?

Er blinzelte zu Sonja hinüber. Die kleine Bruckmann war wirklich süß. Wenn sie ihren Körper betrachten, berühren und küssen ließ, wirkte sie wie ein kleines Aas, ein raffiniertes Luder. Doch im Herzen war sie naiv wie ein Schulmädchen. Und neugierig, verteufelt neugierig!

»Wie lange bleibt ihr in St. Tropez?« fragte Mischa jetzt, um der uralten Frage zuvorzukommen: Hast du mich auch richtig lieb? Er haßte solche Fragen, weil man dann bei den Antworten so oft lügen mußte.

»Noch acht Tage, Mischa. Und wie lange bleibst du?«

»Ich fahre auch so um diese Zeit herum.«

»Sehen wir uns in Hamburg?«

»Vorerst sind wir ja noch hier und sehen uns jede Stunde.« Er beugte sich über sie und küßte sie wieder.

Irgend etwas störte Sonja an der Antwort. »Du liebst mich doch, Mischa?«

Da war sie wieder, diese uralte Frage, die immer neu auftaucht. Er seufzte und nickte.

»Aber ja, mein Engel! Du bist das herrlichste Mädchen der Welt. Für dich lohnte es sich, seßhaft zu werden.«

Sie umarmte ihn dankbar, und dann lagen sie engumschlungen unter der Sonne vor dem rauschenden Meer.

Mischa dachte wieder an Ellen Sandor. Die Bilder, die ihm dabei vor Augen kamen, paßten nicht zu der innigen Szene mit Sonja. Ein wenig verstört richtete er sich auf.

»Komm! Wir fahren noch ein Stück die Küste entlang in Richtung St. Raphael. Dort gibt es herrliche Badebuchten. Du willst doch noch schwimmen?«

»Das wäre schön, Mischa!«

Sie fuhren langsam die Uferstraße entlang, hielten ab und zu und bewunderten die in die Felsen gebauten einzelnen Villen mit den großen Swimmingpools, in die man Meerwasser pumpte.

Zwischen St. Maxime und St. Raphael hielt Sonja plötzlich den Arm Mischas fest und zeigte zum Meer:

»Sieh mal! Wie ein Märchen! Das muß ich unbedingt fotografieren. Das wird ein einmaliges Bild.«

Vor ihnen lag eine kleine Bucht, umgrenzt von bizarren, kahlen Felsen. Das Meer mußte hier sehr tief sein, denn nahe dem weißleuchtenden Strand schaukelte eine herrliche weiße Motorjacht im blauen Wasser. Zwei Männer in weißen Anzügen standen am Ufer und unterhielten sich.

»Welch ein Motiv!« rief Sonja und stieg aus dem Wagen. Mischa folgte ihr. Sie gingen bis zu einer Felsnase, von der aus sie die ganze Bucht übersehen konnten. »Der Himmel voller Sonnengold, das leuchtend blaue Meer, die weiße Jacht, die Felsen, der Strand und dazu die zwei einsamen Männer... das wird mein schönstes Bild, Mischa!«

Mischa sah ihr zu, wie sie die Kamera an die Augen hob, im Sucher den besten Ausschnitt festlegte und dann den Auslöseknopf drückte. Sie ist verdammt hübsch, dachte er. Aber sie weiß es auch und spielt damit.

»Fertig?« fragte er. Sonja senkte die Kamera.

»Ja! Wenn das Bild so geworden ist, wie ich es mir vorstelle, dann werde ich es riesig vergrößern und über mein Bett hängen.«

»Dort würde aber besser ein Foto hinpassen, das mich in voller Lebensgröße zeigt.«

Sonja senkte den Kopf und wurde rot. Dann lief sie zurück zum Wagen.

Am Abend lieferte Mischa sie vor dem Hotel Miramare wieder ab. In einer dunklen Ecke küßten sie sich.

»Bis morgen«, sagte er.

»Bis morgen. Ich liebe dich...«

»Ich dich auch. Schlaf gut!«

Sinnend ging Mischa zu seinem Wagen zurück. Das ›Ich dich auch‹ war ganz ehrlich gewesen. Verdammt, dachte er, das sanfte Kätzchen hat mich überrumpelt. Überall in meinem Kopf sitzt sie, in jeder Gehirnwindung. Ich kann nur an sie denken.

Er fuhr zu einer Bar und schüttete sich voll mit Whisky. Aber es gelang ihm nicht, seine Gefühle für Sonja und die Gedanken an sie zu ertränken. Auch als er später auf seinem Bett lag, dachte er noch immer an sie.

St. Tropez veranstaltete einen Fotowettbewerb: ›Das schönste Bild unserer Küste – unserer Stadt – unserer Menschen.‹ Sonja Bruckmann reichte noch kurz vor Einsendeschluß ihr Foto ein. Am letzten Tag. Als 1. Preis winkte ein weißes Ruderboot. Als 2. Preis war für die Damen ein Modellkleid ausgeschrieben, für die Herren eine Reitgarnitur nach freier Wahl. Der 3. Preis war eine ganztägige Küstenfahrt mit der Luxusjacht ›Sabrina‹.

»Du bekommst bestimmt den ersten Preis«, meinte Mischa, als er Sonjas Foto sah, das in seiner Gegenwart geknipste Bild von Weite und Frieden: das Meer, der Himmel, die ziehenden Wolken, die weiße Jacht, die beiden unbekannten Männer am gelben Strand ... die Atmosphäre der Côte d'Azur war fantastisch eingefangen.

Die Tage bis zur Preisverteilung schienen endlos lang. Endlich hingen dann in dem Fotogeschäft die prämierten Bilder aus. Der 1. Preis war auf ein Foto von Jules Ronnard gefallen; es stellte Nastasja Kinski dar, die verführerische Schauspielerin; mit einem wehenden Badetuch stand sie auf einer Klippe im Wind, umgeben vom Blau des Himmels und des Meeres. Dagegen konnte keiner an.

Der zweite Preis aber fiel an eine Mademoiselle S. B. Der dritte Preis wurde einem Scherzfoto zuerkannt: Ein Esel fraß gerade einen Damenstrohhut, während die Besitzerin lamentierend die Hände rang.

»Der zweite Preis! Gratuliere! Du bekommst ein Modellkleid aus der berühmtesten Boutique von St. Tropez!«

Die Familie Bruckmann war fröhlichster Laune. Sonja hatte einen Preis beim Fotowettbewerb und, was noch viel wichtiger war, Mischa Heideck gewonnen. Irene hatte sich mit Schuhen und Kleidern eingedeckt und mehrfach durch Blicke und Worte anderer Männer bestätigt bekommen, daß 42 Jahre für eine Frau noch kein Alter sind. Thomas Bruckmann schließlich hatte im Schloß gute Geschäfte gemacht, wertvolle Stücke günstig eingekauft. Außerdem hatte er im alten Rittersaal hinter drei hohen Stühlen Lisette geküßt, die Tochter des Verwalters. »Sie sein ein ganz Schlimmer, Monsieur...«, hatte sie gemurmelt und war dann davongelaufen. Thomas genügte das; bei solchen Küssen junger Mädchen hörte er Engel singen.

Dennoch fühlten sie alle ein wenig Trauer, denn der Tag der Preisverteilung war ihr letzter Tag in St. Tropez. Es reichte gerade noch, in der Boutique das gewonnene Kleid auszusuchen, dann hupte Thomas Bruckmann schon zum Aufbruch. Man wollte noch bis Avignon kommen und in der Stadt der Minnesänger übernachten.

Sonjas Abschied von Mischa war kurz, aber herzzerreißend.

»Wir sehen uns in Hamburg«, sagte Mischa in einer Ecke der Hotelhalle, hinter einer Säule. »Ich rufe dich sofort an, sobald ich zu Hause bin.«

»Bestimmt?« fragte sie.

»Bestimmt!« nickte er.

Sie küßten sich noch einmal und so lange, als sollten Jahre sie trennen. Dann lief Sonja schnell weg; Mischa durfte nicht sehen, daß sie weinte.

Auch Mischa verließ das Hotel Miramare etwas zerknirscht. In seiner Brust bohrte es. In Hamburg gibt es lange Gesichter, dachte er, wenn ich meinem alten Herrn sage, daß ich Ellen Sandor nicht heiraten kann ...

Und Sonjas preisgekröntes Bild hing im Schaukasten des Fotogeschäfts und wurde bewundert von unzähligen Feriengästen, während Sonja selbst schon längst mit ihren Eltern auf der Fahrt nach Hause war und an Mischa dachte, dessen Abschiedskuß noch auf ihren Lippen brannte.

Drei Tage nach der Preisverteilung ging Pierre Dufour durch St. Tropez. Er konnte es sich leisten, lässig und elegant den Müßiggänger zu spielen. Er besaß eine Villa bei Cannes, ein Motorboot, hatte ein

Mannequin als Freundin und verdiente sein Geld laut Paß als Schuhimporteur. Schuhe aus Italien sind immer ein gutes Geschäft.

Pierre Dufour schien in St. Tropez sehr gut bekannt zu sein. Die Kellner grüßten ihn ehrfürchtig, und erstaunlich viele langbeinige Mädchen winkten ihm zu oder versuchten seinen Blick einzufangen. Aber Dufour achtete nicht weiter darauf; er gab sich wählerisch. Für einen Mann wie ihn war nur das Beste gut genug.

Schließlich kam er auch an das Fotogeschäft am Hafen und betrachtete die prämierten Bilder im Schaukasten. Nastasja Kinski kannte er, das war doch nichts Besonderes; wieso hatte das Foto den ersten Preis bekommen? Aber das zweite Foto – die Küste bei St. Raphael mit einer weißen Jacht auf dem Meer und zwei einsamen Männern am Strand – zog ihn magisch an. Das war eindrucksvoll.

Plötzlich stutzte er, wurde blaß, dann rot, beugte sich vor, drückte die Nase an das Glas des Schaukastens, schaute intensiv auf die Gesichter der beiden Männer und zuckte dann voller Entsetzen zurück, als habe er sich die Nase verbrannt. Über sein braunes Gesicht lief ein heftiges Zucken.

»O Himmel!« stotterte er. »Das darf doch nicht wahr sein!«

Er warf sich herum, rannte zum nächsten Restaurant, stieß den Kellner beiseite und verschwand in der Telefonkabine. Mit zitternden Händen wählte er eine Nummer.

»Hier Pierre«, sagte er, als sich in Cannes der Angerufene meldete. Mit einem Taschentuch tupfte Dufour sich den kalten Schweiß von der Stirn. »Es ist etwas Schreckliches passiert, Chef! Da hängt in St. Tropez in einem Fotogeschäft ein Bild, da ist Ihr Schiff drauf, und Sie selber stehen am Strand und unterhalten sich mit jemandem.«

»Mit wem?«

»Das weiß ich nicht. Es ist ein Mann, den ich bei uns noch nie gesehen habe. Er hat so ein merkwürdiges Hemd an, weiß mit schwarzen Längsstreifen... Alle Leute, die vorbeikommen, schauen sich das Bild an, weil es bei einem Wettbewerb einen Preis bekommen hat und...«

»Komm auf schnellstem Weg nach Cannes!« unterbrach ihn der Angerufene und legte auf.

Noch ahnte Dufour nicht, welchen Fehler er mit seinem Telefonanruf gemacht hatte und daß es auch für ihn um Leben und Tod ging.

Von diesem Augenblick an begann eine gnadenlose Jagd.

Etwas außerhalb von Cannes, auf einem Felsen am Meer, lag das wunderschöne Haus von Monsieur Roger Corbet.

Corbet galt als schwerreicher Mann, der mit Rohölen und Fetten für die Industrie seine Millionen gemacht hatte. Und er galt als gastfreundlich; in seinem Haus gab es oft Partys und andere gesellige Veranstaltungen. Die meisten der eingeladenen Leute kannten sich untereinander gar nicht und sahen sich hier vielleicht zum ersten und einzigen Mal in ihrem Leben. Außerdem hatte Corbet mehrere Stiftungen ins Leben gerufen, auch einen Pokal für Segelwettkämpfe gestiftet und ließ sich gelegentlich in der Spielbank von Monte Carlo blicken, wo er meist große Summen verlor. Er war Mitglied großer Clubs, besaß eine für Hochseefahrten eingerichtete luxuriöse Motorjacht und lebte seit 15 Jahren in scheinbar glücklicher Ehe mit einer bekannten Schauspielerin: Paulette Lunière. Ein Mann also, der charmant, gesellig und weltoffen wirkte. Ein Freund aller Schönheit und offenbar korrekt bis auf die Knochen.

Allerdings ...

Schon seit zwei Jahren interessierte sich Kommissar Bouchard für Roger Corbet. Heimlich natürlich, denn einen so bekannten und geachteten Mann zu verdächtigen – das hätte ihm leicht eine Versetzung in die Provinz eingebracht.

Dem Kommissar war es aufgefallen, daß es zum Beispiel in Marseille und Toulouse auch Fetthändler gab, die weniger aufwendig lebten und die vor allem nicht mit so vielen verschiedenartigen Persönlichkeiten verkehrten wie Corbet. Es verging kaum ein Tag, an dem nicht eine Reihe großer Wagen unten auf dem Privatparkplatz stand, von dem aus ein steiler Felsweg nach oben zu dem weithin sichtbaren Haus führte. Und fast immer handelte es sich um ausländische Autos: englische, holländische, viele spanische, deutsche, ab und zu auch schwedische.

Bouchard notierte sich die Autonummern und fragte in den betreffenden Ländern an, wer die Besitzer seien. Und siehe da: Nicht ein einziger der Besucher Corbets hatte irgend etwas mit Ölen oder Fetten zu tun. Alle Berufe waren darunter, in einem Fall sogar ein Professor der Medizin. Nur kein Fettgroßhändler.

»Ist das nicht merkwürdig?« fragte Bouchard eines Tages seinen Vorgesetzten, den Polizeipräsidenten. »Kein Ölmann darunter.«

»Na und?« Der Polizeipräsident musterte Bouchard erstaunt. »Sind Ihre Freunde denn nur Polizisten?«

»Nein...« Bouchard ließ das Thema fallen. Auch der Polizeipräsident war dreimal Gast bei Corbet gewesen. Seine Autonummer stand in Bouchards Notizbuch. Es hat keinen Zweck, gegen die Großen zu kämpfen, wenn man selbst nur ein Sandfloh ist, dachte Bouchard bitter. Aber ein Floh kann zwicken – und das wollte er gründlich tun.

Heute fand in der weißen Villa über dem Meer eine erregte Konferenz statt. Der Seitenteil, in dem die geschäftlichen Räume Corbets lagen, war abgesperrt, und als Pierre Dufour schwitzend aus St. Tropez eintraf, wallte ihm schon eine Wolke aus Zigarettenrauch entgegen.

Roger Corbet, ein mittelgroßer, eleganter Mann in einem weißen Seidenanzug, das leicht angegraute Haar glatt nach hinten gekämmt, blickte Dufour mit vorgewölbter Unterlippe entgegen. Der Boß schien ganz ruhig zu sein; nur seine Finger zerknüllten nervös ein Blatt Papier.

»Erzähl, was ist los?« empfing er Dufour.

Pierre setzte sich schweratmend. »Im Schaukasten der Fotohandlung Zambatti hängt ein Bild, das den zweiten Preis eines Fotowettbewerbs gewonnen hat. Darauf sieht man Sie, eine weiße Jacht und einen anderen Mann, der... der... nur...«

»Quatsch!« Corbet winkte ab. »Hast du dir den anderen Mann genau angesehen?«

»Ja.«

»Du würdest ihn wiedererkennen?«

»Vielleicht.«

»Das ist schade.« Corbet sah auf seine Finger. Die drei anderen Männer im Zimmer blickten erschrokken zur Decke. Dufours Kopf wurde rot, seine Augenlider zitterten.

»Nein...«, stammelte er. »Natürlich... ich habe nichts gesehen... Ich erkenne ihn nie wieder. Ich habe ein schlechtes Gedächtnis. Ich... ich...« Und plötzlich schrie er und umklammerte die Tischplatte. »Sie können mich doch nicht liquidieren, Chef! Ich habe doch keine Schuld, wenn das Bild da hängt und jeder sehen kann, wer der Boß ist!«

»Das ist ein Denkfehler, Pierre.« Corbet sprach ruhig und mit tiefer Stimme. »Den Boß kennt keiner. Nur du weißt jetzt, wer der Boß ist.«

»Und die Polizei!«

»Wieso die Polizei?«

Die vier Männer sahen Dufour aus starren Augen an. Das Wort Polizei wirkte in diesem Zimmer fast wie das Erscheinen des Satans. Dufour schluckte krampfhaft.

»Die Polizei kennt Ihre Jacht, Chef. Sie erinnern

sich bestimmt an die Äußerung von Kommissar Bouchard. Wenn er das Bild sieht, wird er nachforschen, wer der Mann bei Ihnen ist. Und schon ist's passiert.«

»Er wird das Bild nicht sehen.« Corbet erhob sich. »St. Tropez ist nicht Cannes.« Er sah die vier eleganten Männer an, von denen jeder den Eindruck machte, als besitze er ein Riesenvermögen. »Ich werde Mister Zero anrufen«, sagte er laut.

Der Name Zero wirkte Wunder. Es war, als würden alle Anwesenden um ein paar Zentimeter kleiner.

Mr. Zero, der große, unbekannte Boß. Der Mann, den noch nie jemand gesehen hatte außer Corbet. Sein Einfluß reichte bis nach Hongkong und Macao, bis nach Rio und San Francisco. Er dirigierte riesige Mengen Rauschgift über geheime Wege nach Europa, wo sie an seine Distriktverteiler weitergeleitet wurden. Für Mitteleuropa war Roger Corbet zuständig.

Corbet verließ jetzt den Raum, setzte sich in einem kleineren, salonartigen Nebenzimmer neben das dort stehende Telefon, wählte eine lange Nummer und wartete dann. Plötzlich ertönte im Hörer eine harte, helle Stimme: »Ja?!«

»Ich bin es, Corbet.«

»Was gibt es?«

»Im Schaukasten eines Fotogeschäfts in St. Tropez hängt ein Bild, auf dem wir beide zu sehen sind. Mein Mitarbeiter Dufour meldete es. Er hat das Foto genau betrachtet.«

»Das Bild muß weg, vor allem auch das Negativ und alle etwa vorhandenen Abzüge. Zum Beweis ist mir das Negativ auszuliefern.« Die kalte Stimme zögerte. »Können Sie sich auf Dufour verlassen? Ist er schweigsam?«

»Welcher Mensch hat keine Schwächen?«

»Gut. Dann liquidieren. Ohne Spuren. Noch irgendwelche Probleme, Corbet?«

»Auf dem Foto ist auch mein neues Schiff deutlich zu erkennen. Da könnte eventuell Kommissar Bouchard...«

»Um diesen kleinen Polizeibeamten sollte man sich ebenfalls etwas kümmern«, unterbrach Mr. Zero ungeduldig. »Und die Fotos lassen Sie von Dufour beschaffen, damit er der einzige bleibt, der mein Gesicht kennt. Ende.«

Das Gespräch war beendet. Corbet legte auf. Er spürte den Schweiß auf seiner Stirn. Verdammt, dachte er, warum habe ich einen Pakt mit dem Satan geschlossen?

Das Leben in Hamburg ging wieder seinen gewohnten Gang. Das heißt: Für Sonja, Tochter des renommierten Kunsthändlers Thomas Bruckmann, hatte sich doch etwas geändert – sie wartete sehnsüchtig auf einen Anruf Mischa Heidecks.

Man war nun schon zwei Tage wieder zu Hause, und es waren zwei lange Tage ohne Mischa gewesen. Ob er auch so viel an sie dachte, wie sie an ihn?

Am dritten Tag hielt sie es nicht mehr aus und rief bei ihm an. Sie hatte Glück, er war da.

»Ach, Sonja, du...« sagte er, und es klang so, als müsse er sich erst groß an sie erinnern. Aber Sonja schüttelte das merkwürdige Gefühl ab. Sie sah Mischa in Gedanken wieder vor sich in St. Tropez, lachend und umwerfend männlich, wenn er in seinem offenen Sportwagen saß, über die Uferstraße jagte mit im Wind flatternden Haaren.

»Wie schmeckt die Arbeit?« fragte sie, nur um dem Druck in ihrem Herzen zu entgehen.

»Wie Limonade«, lachte Mischa. »Noch ist mein Alter zu Verhandlungen in England, und ich sitze hier herum.«

»Können wir uns sehen?«

»Natürlich. Freitag. In den Anlagen vor dem Tennisclub Grün-Rot. Paßt dir sechzehn Uhr, Sonja?«

»Ja, Mischa.«

Sie legte glücklich auf. Freitag... das ist morgen. Morgen schon!

Am Nachmittag ging sie zum Friseur. »Kann ich morgen frei haben, Paps!« fragte sie hinterher.

»Geburtstagsparty?« erkundigte sich Thomas Bruckmann.

»Nein. Ich treffe mich mit Mischa Heideck.«

Bruckmann nickte und blinzelte ihr zu. »Hast du dich in ihn verliebt, Spatz?«

»Aber Paps!« Sie konnte es nicht verhindern, daß sie rot wurde.

»Ehrlich sein, Sonja!«

»Na ja«, meinte sie, »ein bißchen schon...«

»Mischa ist auch ein netter Junge. Nur hat er zuviel Geld, das er nicht selbst verdienen mußte.«

»Er kann ja nichts dafür«, verteidigte sie ihn, und ihr Vater lachte laut.

Pünktlich um 16 Uhr stand sie am nächsten Tag in den Parkanlagen am Clubhaus des Vereins. Doch es gab eine herbe Enttäuschung. Durch die Zweige eines hohen Busches starrte sie hinüber zum Tennisplatz, wo Mischa Heideck eine Partie mit einem vollschlanken, erregend schönen schwarzhaarigen Mädchen spielte. Das Tenniskleid seiner Partnerin war so kurz, daß man ihre langen Beine voll bewundern konnte. Und ihr Lachen, das jeden Ball begleitete, den Mischa verschlug, war dunkel und aufreizend.

»Verloren!« rief sie, als Mischa einen Aufschlag ins Netz feuerte. »Mein Lieber, mich in die Knie zu zwingen, da gehört schon was dazu...«

»Zumindest beim Tennis!« rief Mischa zurück, nahm einen Anlauf, sprang über das Netz, zog die raffinierte Verführerin an sich und küßte sie so fest, daß aller Widerstand sinnlos war. Das Mädchen ließ den Tennisschläger fallen, schlang die Arme um Mischas Hals und drückte sich an ihn.

Langsam ließ Sonja die Zweige des Busches zurückschnellen und trat zurück auf den Parkweg. Ihre großen blauen Augen waren jetzt ohne Glanz.

Das kann doch nicht wahr sein, dachte sie. Das... das war doch nur ein Freundschaftskuß. So eine Laune. Ein Scherz. Eine Rache, weil er die Tennispartie verloren hatte. Er... er kann doch kein anderes Mädchen lieben...

Sie sah sich noch einmal um.

Die küßten sich noch immer. Oder schon wieder.

Sonja warf den Kopf in den Nacken und ging entschlossen zum Clubhaus. Die Uhr über dem Eingang stimmte mit der Zeit auf ihrer Uhr überein: 20 Minuten nach vier. Und Mischa machte überhaupt keine Anstalten, zum Treffpunkt im Park zu kommen. Vielmehr setzte er sich mit der Rivalin auf eine weiße Bank am Spielfeldrand und ließ sich ein großes Glas Whisky mit Soda kommen. Zusammen tranken sie aus dem einen Glas, und das tiefe Lachen des Mädchens hörte Sonja noch, als sie die Stufen zum Eingang des Clubhauses hinaufstieg. Es war, als ersteige sie mit letzter Kraft einen riesigen Berg.

Im Vorraum empfing sie ein Portier in Weiß. Der Club Grün-Rot war der exklusivste Tennisverein von Hamburg.

»Ich möchte Herrn Heideck sprechen«, sagte sie mit mühsam fester Stimme.

»Ich weiß nicht, ob das geht.« Der Portier blickte auf seine Uhr. »Herr Heideck spielt gerade...«

»Ich habe es gesehen. Mit Fräulein...«

Sonja hielt den Atem an. Jetzt erfuhr sie den Namen. Der Portier tappte in die Falle.

»Ganz recht. Mit Fräulein Sandor. Ist es dringend? Herr Heideck ist sehr ungehalten, wenn man ohne triftigen Grund seine Donnerstags-Partie unterbricht.«

»Donnerstag?« Sonja sah erstaunt hoch. »Aber wieso... heute ist doch...«

»Donnerstag, mein Fräulein.« Der Portier lächelte herablassend. »Sollten Sie sich geirrt haben?«

»Ja.« Sonja nickte schwach. Ihre Stimme schwamm fast weg. »Das ist wirklich ein Irrtum... Verzeihen Sie! Und sagen Sie Herrn Heideck nichts von meinem Besuch...«

Sie drehte sich schnell um und lief aus dem Clubhaus.

Als ihr Vater am Abend nach Hause kam, lag sie schon im Bett. »Sie hat Fieber«, sagte Irene; »vielleicht die übliche Nachurlaubserkältung. Ihr Kopf glühte.«

Thomas Bruckmann wurde nachdenklich. Nach dem Abendessen ging er zu seiner Tochter und setzte sich an ihr Bett. Sie lag auf dem Rücken und starrte an die Decke.

»Was ist, Spätzchen?« fragte er. »Wirklich Fieber?«

»Ja, Paps.« Das klang kläglich, dem Weinen nahe. Bruckmann sah sie forschend an.

»Ist was geschehen?«

»Nein.«

»Keine Dummheit?«

»Ehrenwort, Paps!«

»Soll ich den Arzt rufen?«

»Es geht auch so vorbei.« Sie zögerte. Dann fragte sie: »Kennst du eine Familie Sandor?«

»Aber ja! Stinkreich. Generaldirektor der Niederrheinischen Stahlwerke. Habe für ihn einmal eine Madonna aus dem 15. Jahrhundert besorgt. Er hat die zweihunderttausend hingeblättert wie Skatkarten... Was ist mit den Sandors?«

»Ich habe die Tochter kennengelernt.« Sonja drehte sich auf die Seite und schloß die Augen. Bruckmann erhob sich, ohne weitere Fragen zu stellen und ging aus dem Zimmer. Er ahnte, was passiert war und konnte nicht helfen. Das muß sie mit sich allein ausmachen, dachte er. Die Sandors, Heidecks, Trombergs und wie sie alle heißen, die in den Palästen am Elbufer wohnen, sind eine Welt für sich. Armer Spatz!

Er zog leise die Tür ins Schloß.

Sonja drückte das Kissen an den Mund und rollte sich zusammen. Sie weinte.

St. Tropez hatte eine kleine Lokalsensation: In der Nacht war beim Fotohändler Zambatti eingebrochen worden. Der Schaukasten war zerstört. Durch die Hintertür waren die Diebe in den Laden gekommen und hatten alles durchwühlt. Aber sie hatten weder die wertvollen Kameras noch den Inhalt der Ladenkasse mitgenommen; statt dessen fehlten sämtliche Abzüge der Bilder vom Fotowettbewerb, und die Negativkartei war völlig durcheinandergebracht.

»Es müssen Irre gewesen sein!« schrie der Fotohändler. Sein italienisches Temperament ging mit ihm durch. Er habe einen Millionenschaden, behauptete er übertreibend. »Nur die prämierten Bilder sind weg. Ein Fetischist war das! Dreiundzwanzig Fotos von Nastasja Kinski und sieben Abzüge des Fotos, das den zweiten Preis erhielt. Den dritten

Preis haben sie überhaupt nicht beachtet. Madonna mia, diese Gangster!«

Die Polizei arbeitete gründlich, aber sie fand nichts. Keine Fingerabdrücke, keine Hinweise. Mehr als tausend Francs hatte Zambatti in der Ladenkasse gehabt – sie waren unberührt. Das verwunderte die Polizei am meisten.

»Es kann auch ein Racheakt sein«, meinte der Polizeileutnant, der die Untersuchung leitete. »Vielleicht einer, der bei dem Fotowettbewerb keinen Preis bekommen hat? Es gibt solche Hitzköpfe.«

»Sag ich es nicht? Ein Idiot!« Zambatti rang die Hände und weinte fast. »Man ist seines Lebens nicht mehr sicher.«

Aber so gebrochen war er nun auch wieder nicht, als daß er nicht erkannt hätte, wie gut sich dieser Einbruch für die Reklame verwenden ließ. Schon am Nachmittag hing ein Plakat über der zerbrochenen Glastruhe mit der werbewirksamen Aufschrift: ›So gut sind Zambattis Fotos, daß man sie stiehlt!‹ Und in der Zeitung ließ er eine Anzeige veröffentlichen: ›Früher stahl man die Mona Lisa – heute die Fotos von Zambatti. Erstes Haus von St. Tropez.‹

Ohne diese Anzeige hätte Kommissar Jean Bouchard nie etwas von dem Vorfall erfahren. Ihm kam es merkwürdig vor, daß jemand Fotos klaute, und er rief in St. Tropez an.

»Was war auf den Bildern zu sehen, Leutnant?« fragte er.

»Das eine war ein Foto, das Nastasja Kinski zeigte, die Schauspielerin.«

»Aha. In Ordnung. Für einen Kinski-Fan wäre das ein Motiv... Und das andere?«

»Wie der Fotograf Zambatti sagte, habe man darauf ein Stück Strand gesehen, eine Jacht und zwei unbekannte Männer im Gespräch.«

»Oha?!« Bouchard wurde hellhörig. Der Leutnant in St. Tropez wunderte sich. Welches Interesse konnte man in Cannes an diesem dämlichen und sinnlosen Einbruch haben? »Zwei Männer am Strand... Gibt es noch einen Abzug?«

»Keinen. Alles gestohlen.«

»Eine Veröffentlichung?«

»Das kann sein. Anläßlich der Preisverleihung...«

Es gab tatsächlich einen Abdruck in der Zeitung, aber er war so schlecht und unscharf, daß man wohl das Bild als Ganzes erkennen konnte – aber unter der Lupe zerfloß alles in helle und dunkle Rasterpunkte. Bouchard warf die Lupe weg und starrte auf das Zeitungsbild. Diese beiden Kerle, die da zu sehen sind, dachte er... die haben bestimmt den Einbruch veranlaßt. Sie haben alles Interesse daran, daß keine Fotos von ihnen existieren. Und ich fresse drei Pfund Seesand, wenn es nicht heimliche Freunde von mir sind!

Er schnitt das Bild aus der Zeitung aus und legte es wie einen großen Geldschein in seine Brieftasche. Wenn man schon die Gesichter der Männer nicht erkennen konnte – die schöne weiße Jacht war deutlich genug. Und diese Jacht wollte Bouchard aufsuchen. Über dieses Schiff war das Rätsel vielleicht zu lösen.

Vielleicht...

Roger Corbet sah sich die Bilder an, die Dufour ihm auf den Tisch gelegt hatte. Er war betroffen darüber, wie deutlich man ihn und den großen Mr. Zero erkennen konnte. Daß Dufour auch gleich die Nastasja-Kinski-Fotos mitgenommen hatte, fand er gut – als Trick, um den Diebstahl als Tat eines verrückten Fans hinzustellen.

»Das ist alles?« fragte Corbet scharf. »Wo ist das Negativ?«

»War nicht zu finden.«

»Du Idiot! Was nützen uns die Abzüge ohne Negativ? Der Fotohändler kann morgen früh hundert neue Bilder machen lassen! Das Negativ ist das wichtigste.«

»Ich weiß. Aber er hat es nicht. Nicht im Laden! Ich habe alles durchsucht, zwei Stunden lang. Vielleicht hat er es zu Hause? Ich habe alles getan, Chef.« Dufour sank in einen Sessel.

Corbet jagte ihn wieder hoch. »Los! Zurück nach St. Tropez!« schrie er. »Du scheinst dir nicht im klaren zu sein, daß wir auf einer Bombe sitzen.«

So kam es, daß Fotohändler Zambatti erneut Besuch erhielt, diesmal in seiner Wohnung. Durch eine unsanfte Ohrfeige geweckt, spürte er, wie sich zehn Finger um seinen Hals legten und zudrückten. Finger, die keine Gnade kannten. Zambatti röchelte. Auf seinem Bett saß ein Mann; ein zweiter hielt ihn an den Füßen fest.

»Mein Geld liegt im Nebenzimmer in einem Kasten«, stammelte der Händler. »O Madonna, ihr gebt mir kaum Luft.«

Eine Stimme über seinem Kopf sagte heiser, er konnte sie kaum verstehen: »Wo ist das Negativ vom Foto, das beim Wettbewerb den zweiten Preis gewonnen hat? Los, rede schon! Heraus damit, oder...«

Der Druck der Finger an seinem Hals verstärkte sich. Zambatti schnappte nach Luft wie ein Fisch auf dem Trockenen. »Ich habe es nicht... glaubt mir doch... ich habe es nicht...«

»Lüge!« zischte die Stimme über ihm. »Kerl, ich erwürge dich...«

»Das Mädchen!« Zambatti rief es mit letzter Kraft. »Das deutsche Mädchen hat es. Bevor sie abreiste, nahm sie das Negativ mit. Ich schwöre es! Es gehört ja ihr...«

Dann verließ Zambatti die Besinnung. Er sank zusammen.

Dufour ließ von ihm ab und brummte: »Das verdammte Negativ ist in Deutschland. Die Adresse der Deutschen, die fotografiert hat, steht auf einem der Abzüge, auf dem Foto aus dem Schaukasten.«

»Mann, da hast du dir was eingebrockt!« sagte sein Komplize. »Das wird eine schöne Jagd werden!« Damit verließen sie die Wohnung Zambattis, drückten die Tür wieder ins Schloß und fuhren nach Cannes zurück, um Corbet Bericht zu erstatten.

Am nächsten Tag fuhr ein italienischer Sportwagen vor Corbets weißer Villa vor. Ein großer, schlanker, braungebrannter junger Mann mit tiefschwarzen Haaren stieg aus. Ein Gott von einem Mann!

Ricardo Bombani war angekommen. Der schönste

und äußerlich interessanteste Mann zwischen Genua und Marseille.

Corbet kam ihm im Innenhof der Villa entgegen und legte den Arm um seine Schultern.

»Ein schöner Auftrag für Sie, Ricardo«, sagte er fröhlich. »Sie fliegen nach Deutschland. Nach Hamburg. Eine Sonja Bruckmann hat Sehnsucht nach ein bißchen Zärtlichkeit. Ein blondes Mädchen. Ihre Spezialität...«

»Zunächst wäre mir ein Gin-Fizz lieber«, meinte er gleichgültig, setzte sich im Wohnrauam in einen tiefen Ledersessel und schlug die Beine übereinander.

Roger Corbet ging zum Barschrank, klappte ihn auf und begann den Gin-Fizz zu mixen. Dabei sah er auf Bombani, und in seinem Blick lag kalte Verachtung.

Da sitzt er nun, dachte er. Der schönste Mann der Côte d'Azur. Das ist aber auch alles! Gelernt hat er nichts anderes als zu küssen und Frauen zu betören. Im Hirn ist Leere. Auch sein muskulöser Körper ist ein Witz der Natur, denn alles an dem Burschen ist Bluff, ist Blendwerk, ist unwahr. Aufgewachsen in einem winzigen Fischerdorf, kannte er bis vor fünf Jahren nur einen schrecklichen Dialekt, stank nach Fisch und wusch sich nur selten die Füße. Doch dann war eine verrückte Amerikanerin gekommen, hatte ihn vier Wochen lang beschlagnahmt und ihn ›my lovely‹ genannt. Von da an entdeckte Ricardo Bombani, daß für ihn ein Aufstieg zu Ansehen und Wohlstand allein in den Armen der Frauen möglich war. Er wurde ein Papagallo; zunächst ein kleiner, schüchterner, der sich mit der zweiten Damengarnitur begnügte – aber bereits nach einem Jahr gab man seine Adresse weiter, nach drei Jahren besaß er einen teuren Sportwagen, und jetzt, nach fünf Jahren Liebesdienst, war Bombani der ungekrönte König der Côte d'Azur.

Mit Roger Corbet war er bekannt geworden, als er für eine seiner Damen Kokain brauchte. Seit diesem Tag, den Bombani ewig verfluchte, war er der Gangsterbande ausgeliefert.

Corbet brachte ihm den Gin-Fizz und setzte sich ihm gegenüber. Genußvoll schlürfte Bombani das Getränk.

»Ich bin unabkömmlich«, sagte er dann gelangweilt. »Bis Oktober ausgebucht.«

Corbet lächelte böse. »Bombani, seien Sie kein Idiot. Sie können uns nicht im Stich lassen.«

»Sie haben Ihr Geschäft, ich habe meins. Ich rede Ihnen nicht dazwischen, also lassen Sie mir meine Angelegenheiten. Ich habe Goldfische an der Angel.«

»Wir werden Sie entschädigen. Außerdem bekommen Sie Spaß dabei. Die Kleine in Deutschland soll ganz süß sein.«

»Alter?«

»18 Jahre.«

»Mamma mia!« Bombani hob den Blick zur Decke. »Soll ich mir an unreifem Obst den Magen verderben? 18 Jahre! Meine dankbarsten Kundinnen zählen an die vierzig Jahre; da ist jeder Kuß tausend Lire wert!«

»Nun hören Sie mal genau zu, Bombani.« Roger Corbet beugte sich vor. »Sie haben eine bestimmte Aufgabe. Es geht, wie gesagt, um eine gewisse Sonja Bruckmann – und um dieses Foto ...« Corbet schob Bombani einen der Abzüge des Fotohändlers Zambatti über den Tisch. »Sonja Bruckmann hat das Negativ der Aufnahme. Und das Negativ brauchen wir. Setzen Sie all Ihren Charme ein, damit sie es Ihnen aushändigt. Oder entwenden Sie es heimlich. Dann können Sie sofort zurück zu Ihren Goldengeln.«

Bombani betrachtete das Foto genau. Die Gesichter der beiden Männer waren bis zur Unkenntlichkeit zerkratzt. Der Playboy lächelte breit.

»Der eine sind doch Sie, Corbet.«

»Das hat Sie nicht zu kümmern.«

»Und um den andern geht's, nicht wahr? Ist das vielleicht der große Boß?«

»Halten Sie den Mund, Bombani! Je weniger Sie darüber nachdenken und reden, desto länger leben Sie.« Corbet nahm den Fotoabzug wieder an sich und steckte ihn weg. »Sie haben verstanden? Das Negativ! Was Sie anstellen, um es von der Deutschen zu bekommen, ist Ihre Sache. Nur eins ist wichtig: Es darf keine Gewalt angewandt werden. Auf gar keinen Fall! Sie müssen das Negativ mit Ihrem Charme und Ihrer Verführungskunst bekommen.« Corbet seufzte und erhob sich. »Na ja, Sie werden's schon machen. Alle Spesen übernehmen wir. Addio amigo ...«

Kurz darauf fuhr der Sportwagen wieder zurück nach Cannes. In seinem Apartment packte Bombani sofort die Koffer, buchte telefonisch einen Flug Nizza–Frankfurt–Hamburg, bestellte in einem der vornehmsten Hotels in Hamburg ein Doppelzimmer mit Bad.

Sonja Bruckmann, dachte er. Hamburg. Am Petri-Fleet 5.

Idioten sind sie doch, trotz aller Intelligenz. Hatte man erst einmal das Negativ, so würde man schnell noch in Hamburg einige Abzüge machen lassen, ehe man nach Cannes zurückkehrte und es ablieferte. Und dann wußte man, wie der Boß der Bande aussah, der große Mr. Zero.

Das zu wissen, war Millionen wert.

Daß dieses Wissen auch den Tod bedeutete – daran dachte Ricardo Bombani nicht...

Als er gegen Abend in Hamburg landete, ließ er sich in sein Hotel bringen, zog sich um und fuhr hinaus zur Straße Am Petri-Fleet. Das Gebäude Nr. 5 war ein hohes Wohnhaus aus der alten Hamburger Patrizierzeit. Mit Giebeln und viel Zierwerk. Sehr vornehm.

Zurück im Zentrum, suchte Bombani im Telefonbuch einer Fernsprechzelle den Namen Bruckmann, schrieb sich die Geschäftsadresse heraus und stand wenig später vor den beiden großen Schaufenstern der Kunsthandlung. Putten aus Stein lächelten ihn an, wertvolle Buddha-Figuren, Barockmadonnen, chinesische Vasen, Zinngeschirr, Gemälde alter Meister, Porzellan, Fayencen, Ikonen aus Rußland und Griechenland.

Im Laden führte gerade Herr Bruckmann ein Verkaufsgespräch mit einigen Kunden. Seine Tochter Sonja sah Bombani nicht. Genau studierte der Italiener sein ›Arbeitsfeld‹ und machte sich einige Notizen, ehe er sich wieder zum Hotel zurückfahren ließ.

In der Hotelhalle bekamen drei Damen im besten Alter blanke Augen, als sie Bombani sahen. Er seufzte leise, dachte an die letzten Worte Corbets: »Keine Nebenverdienste!« und fuhr mit dem Lift hinauf in sein Zimmer.

Er warf sich auf sein Bett. Morgen geht es los! Es wird eine leichte Sache sein. Ein 18jähriges Mädchen. Da hatte er schon ganz andere Dinge bewältigt.

Am Freitag wartete Mischa Heideck vergeblich auf Sonja. Pünktlich stand er, wie verabredet, in dem kleinen Park neben dem Tennisclub-Haus und sagte sich zunächst: Sie ist wie alle Mädchen; sie läßt einen warten. Aber als dann fast eine Stunde vorüber war, ohne daß Sonja sich blicken ließ, brach er seine Warterei ab und ging wieder ins Clubhaus. Von dort rief er die Kunsthandlung Bruckmann an und bat den Verkäufer, Fräulein Sonja ans Telefon zu holen.

Es dauerte verdächtig lange, ehe etwas geschah. Endlich ließ sich der junge Mann wieder vernehmen.

»Fräulein Sonja hat keine Zeit«, sagte er knapp. Mischa hätte fast den Hörer fallen lassen, so entgeistert war er.

»Haben Sie ihr denn gesagt, wer am Apparat ist?« fragte er laut.

»Natürlich.«

»Und was hat sie geantwortet?«

»Genau das, was ich Ihnen bereits mitteilte: Keine Zeit!«

»Danke.«

Mischa Heideck legte auf und steckte sich eine Zigarette an. Er konnte sich auf Sonjas Verhalten keinen Vers machen. Erst meldete sie sich aus eigenem Antrieb und schlägt ein Wiedersehen vor – und jetzt stellt sie sich widerborstig an wie ein Kaktus. Irgend etwas konnte da doch nicht stimmen. In den vergangenen Tagen mußte irgend etwas geschehen sein, das Sonja zur Änderung ihrer Wünsche veranlaßt hatte. Aber was?

Na ja, dachte Mischa, eigentlich kann es mir ja ganz recht sein. Als Sonja anrief, hatte er den Flirt in St. Tropez schon fast vergessen gehabt angesichts des verführerischen Fluidums von Ellen Sandor. Andererseits... irgendwie war es doch anders. Belog er sich nicht selbst? Da war nicht nur die bloße Erinnerung an blonde Haare und einen jungen weiblichen Körper, an helles Lachen und herrlich ausgelassene Fröhlichkeit. Er sah wieder die großen blauen Augen Sonjas vor sich und spürte ihren Abschiedskuß auf seinen Lippen. Nein, Ellen hatte mit ihrer hemmungslosen Leidenschaft sein tiefes Gefühl für Sonja nur verdrängt. Er mußte das Mädchen von St. Tropez unbedingt wiedersehen.

Noch fünfmal rief er bei Bruckmanns an, und endlich war Sonja selbst am Apparat.

»Sonja, was ist denn?« rief er schnell. »Ich warte hier. Hast du vergessen, daß wir uns heute ...«

Klick, machte es. Sonja hatte wortlos aufgelegt.

Wütend schleuderte Mischa den Hörer zurück. »Ziege!« rief er. Doch dann überlegte er, daß dieses Verhalten gar nicht zu Sonja paßte. Ellen Sandor würde vielleicht so reagieren, wild wie eine gereizte Katze – aber Sonja? Es mußte wirklich etwas Außergewöhnliches geschehen sein, wenn sie sich derart ablehnend benahm.

Er setzte sich in der Halle des Clubhauses auf eine Polsterbank und starrte vor sich hin. Der Hausmeister, der zugleich auch Portier, Barkeeper, Kellner und Platzpfleger war, putzte gerade die Theke an der Bar. Morgen sollte ein kleines Fest stattfinden. Konsul Dr. Redderscheidt gab einen Clubabend für die alten Herren.

»Einen Cognac, Herr Heideck?« fragte der Hausmeister.

»Ja. Bring mir einen. Das ist eine gute Idee.«

»Kummer?«

»Ja. Die Weiber ...«

»Adam hätte es nie zulassen sollen, daß man ihm eine Rippe klaute, um daraus eine Eva zu machen. Damit hat das große Unglück angefangen.« Der Hausmeister stellte ein gefülltes Glas vor Mischa auf den Tisch.

»Wem sagen Sie das, Franz?!«

»Sie sind aber auch unvorsichtig, Herr Heideck, wenn ich das mal so frei sagen darf. Zum Beispiel gestern ...« Der Hausmeister war jetzt gerade dabei, die Zapfhähne am Tresen zu polieren ... »... da spielen Sie mit Fräulein Sandor einige Partien und belohnen sie mit Küßchen, und draußen steht schon das andere Mädchen und ist stocksauer!«

Mischas Kopf fuhr hoch. »*Wer* stand draußen?« rief er.

»Na, so ein junges Ding. Sehr hübsch. Blond. Fragte nach Ihnen und Ihrer Tennispartnerin. Und dann lief sie einfach weg.«

»Das ist es!« schrie Mischa. »Das ist es! Die Lösung! Franz, trinken Sie auf meine Kosten zehn Cognacs! Warum haben Sie mir gestern nicht...«

»Die junge Dame wollte nicht, daß ich es Ihnen sage.«

Kopfschüttelnd sah der Hausmeister zu, wie Mischa Heideck aus dem Clubhaus stürmte. Dann heulte draußen ein Sportwagenmotor auf, Reifen wirbelten Sand und Kies auf, ein heller Schatten flog an den Büschen vorbei.

In den weiten Räumen der Kunsthandlung Bruckmann herrschte reges Leben. Bei den Antiquitätenliebhabern hatte es sich herumgesprochen, daß Thomas Bruckmann nicht nur ein altes Schloßinventar aufgekauft, sondern auch eine Sendung wertvoller Meißener Porzellane hereinbekommen hatte – zum Entzücken vor allem für die Damen. Da alle Angestellten im Einsatz waren, ließ es sich nicht vermeiden, daß auch Sonja im Laden bedienen mußte. Als sie Mischa Heideck in das Geschäft kommen sah, wurde ihr schönes Gesicht hart und wirkte fast verkniffen. Den Gruß Mischas beantwortete sie nur mit einem stummen Nicken, und seine ihr hingehaltene Hand übersah sie völlig.

»Der Herr suchen etwas für eine Dame?« fragte sie laut. »Vielleicht ein Verlobungsgeschenk? Wie wäre es mit einer Terrakottafigur aus dem neunzehnten Jahrhundert? Südfrankreich, gut erhalten. Motiv: Die lachende Gans. Größe etwa dreiunddreißig Zentimeter.«

»Sonja, was ist los?« sagte Mischa leise und beugte sich vor. »Ich ahne, was passiert ist. Du warst schon gestern am Clubhaus und hast mich mit Ellen Sandor gesehen. Dazu muß ich dir eine Erklärung geben...«

»Also keine lachende Gans?« Sonjas Stimme war hell, kampflustig. »Dann vielleicht ein Bild, der Herr? Ein Bild ist immer ein repräsentatives Geschenk. Ich habe hier ein Gemälde aus dem neunzehnten Jahrhundert: ›Der lüsterne Pan jagt die Nymphen‹. Sagt das eventuell zu?«

»Sonja, wo können wir uns allein sprechen?« Mischa erkannte sie kaum wieder. Ihre sanften, fröhlichen Augen waren stahlhart, ihre Lippen zuckten. »So geht das doch nicht. Irrtümer muß man aufklären...«

Die Ladenglocke – ein Glöckchenspiel aus Florenz – bimmelte wieder. Sonja sah an Mischa vorbei zur Tür. Ein großer, eleganter, unverschämt gutaussehender Mann hatte die Kunsthandlung betreten. Er lachte Sonja an und neigte grüßend den Kopf.

Ricardo Bombani war auf dem Schlachtfeld erschienen. Beim ersten Angriff setzte er sein umwerfend sonniges Lächeln ein. Eine Frau, die von Bombani angelächelt wurde, war schon halb gewonnen.

Dieser Mann, dachte Sonja blitzschnell, ist eine wunderbare Waffe für mich. Damit kann ich Mischa zur Raserei bringen, wenn er mich wirklich liebt. Also lächelte sie zu Bombani zurück und strich sich kokett durch ihre schöne blonden Haare.

Mischa fuhr herum. Die Blicke Heidecks und Bombanis trafen sich, und sie wußten schon in dieser ersten Sekunde, daß sie sich zutiefst unsympathisch waren.

»Ich suche etwas, Signorina, das Ihnen zu vergleichen ist«, sagte Bombani in einem Deutsch, wie es nur Italiener zu sprechen vermögen. »Was es ist, ich weiß es nicht – wenn es überhaupt irgendeinen Gegenstand gibt, der es mit Ihrer Schönheit aufnehmen kann!«

Mischa kaute an der Unterlippe. Er sah, wie Sonjas Augen wieder zu glühen begannen, wie ihr Gesicht aufblühte, wie ihr Körper unruhig wurde. Das ärgerte ihn maßlos, und so sehr er sich dagegen wehrte – er hatte große Lust, dem auffälligen und eingebildeten Kerl wortlos unters Kinn zu schlagen, komme danach, was wolle. Es war ein verrücktes Zucken in seinen Fäusten.

Sonja atmete tief auf. Sie holte ihrerseits zu einem harten Schlag gegen Mischas Seele aus.

»Ich hätte da zum Beispiel ein Bild aus der Romantik. Ein wunderbares Gemälde. Leda mit dem Schwan...«

»Oh, die Leda!« sagte Bombani mit halber Stimme. Wer ist Leda? dachte er dabei. Und was macht sie mit dem Schwan? »So schön wie Sie, Signorina?«

»Ich weiß nicht. Leda ist nackt...«

»O madonna mia!« Bombani tat einen leisen Schrei. »Wenn man das vergleichen könnte!«

Mischa trat etwas zur Seite. Sein Gesicht war kantig geworden. »Darf ich darauf aufmerksam machen«, sagte er laut, »daß ich zuerst bedient wurde – und ich bin noch nicht fertig!«

»Dann warte ich natürlich.« Bombani blinzelte Sonja zu. »Ich werde mir das mit der nackten Leda überlegen.«

Sonja sah Mischa giftig an. »Sie sind sehr unentschlossen, mein Herr! Ich biete Ihnen den halben Laden an, und Sie sagen jedesmal nein. Wollen *Sie* vielleicht die Leda? Über dem Brautbett macht sie sich bestimmt gut.«

»So geht das nicht weiter, Sonja!« knirschte Mischa zwischen den Zähnen. Er beugte sich vor, Bombani sollte ihn nicht verstehen. »Ich hole dich heute abend ab. Um neunzehn Uhr stehe ich mit meinem Wagen vor der Tür. Die Sache mit Ellen ist ein Irrtum, glaube mir. Was du gestern gesehen hast...«

»Also keine Leda?« Sonja ging um Mischa herum und stellte sich vor Bombani, der sie bewundernd anstarrte. Als Frauenkenner war er begeistert. Achtzehn Jahre, dachte er – wie sollte es da noch Schwierigkeiten geben. Ich werde sie überrollen mit meinem Charme, mit meiner Erfahrung. »Kommen Sie mit mir«, hörte er sie jetzt sagen, »ich zeige Ihnen die Leda. Sie hängt in einem der hinteren Räume.«

Mischa sah mit zusammengekniffenen Lippen, wie Sonja und der Italiener nach hinten gingen. Sonja wippte in den Hüften – sonst tat sie das nie, aber sie wußte ja, daß Mischa ihr nachstarrte und sich wahnsinnig aufregte.

Das wollen wir doch mal sehen! dachte Mischa, als er allein an der Glastheke stand, unter der auf blauem Samt kleine japanische Elfenbeinschnitzereien lagen. So einen Lackaffen brauche ich nicht zu fürchten.

Daß Sonja ihn stehenließ wegen eines solchen wandelnden Modejournals, verletzte Mischas Stolz. Aber es brachte ihm auch etwas zu Bewußtsein, das er noch nicht kannte und zum erstenmal erlebte. Ihm war auf einmal klar, daß Sonja ihm viel mehr bedeutete als eine Ferienbekanntschaft. Er spürte ein schweres Herz.

Kommissar Jean Bouchard fand wieder einmal eine alte Erkenntnis bestätigt – nämlich, daß das Leben doch nicht ganz so übel ist, wie oft behauptet wird. Der Mensch, der sich wenigstens einen kleinen Rest des Glaubens an das Gute erhalten hat, kommt letzten Endes doch noch zu seinem Recht. Man muß natürlich hartnäckig bleiben und Geduld entwickeln. Und weil Bouchard in dieser Beziehung ein Vorbild war, lag tatsächlich eines Tages die weiße Jacht, die er gesucht hatte – die Jacht, die auf dem gestohlenen Foto zu sehen war – direkt vor ihm. Im Hafen von Cannes schaukelte sie im öligen Wasser, wurde von zwei Matrosen geputzt, hatte Flagge gesetzt und machte den Eindruck, als solle sie bald zu einer Lustfahrt auslaufen.

Bouchard notierte den Namen des Schiffes und rief vom nächsten Bistro aus die Zulassungsbehörde an. Im Schiffsregister war die Jacht ›Afrika II‹ als Neuerwerbung verbucht, und Bouchard erlebte seine zweite Überraschung:

Der Besitzer des Schiffes war Roger Corbet.

Sieh an! dachte Bouchard, rauchte eine Zigarette an, bestellte sich einen Pernod und sah auf die heiße Straße hinaus. Ausgerechnet Corbet, mein ganz persönlicher ›Freund‹. Das trifft sich gut. Mein großer Ärger ist nur, daß man diesem Gangster nichts beweisen kann. Besuchen werde ich ihn trotzdem; vielleicht verunsichert ihn das ein bißchen.

Corbet war ungemein freundlich, als der Diener ihm den Besuch Bouchards meldete. Durch die riesigen Fenster der weißen Villa auf den Klippen flutete die Abendsonne, von goldgelb in blutrot übergehend. Das Meer schimmerte orangefarben, die Felsen glänzten violett. Eine Sinfonie von Farben, das Sterben der Sonne in letzter Pracht.

»Sie bei mir, Kommissar?« rief Corbet und schüttelte Bouchard die Hand. »Welch seltener Besuch! Wann sahen wir uns zuletzt?«

»Vor einem Jahr! Einer Ihrer Bekannten hatte behauptet, über Sie Morphin bekommen zu haben.

Ehe die Verhandlung beginnen konnte, war der Mann tot. In der Zelle vergiftet.«

Corbet zuckte die Schulter. »Man sollte Untersuchungsgefangenen keine Pilzgerichte geben.«

»Dieser Mann starb an Zyankali«, stellte der Kommissar richtig.

»Ich erinnere mich!« rief Corbet scheinheilig und machte eine einladende Handbewegung zu einem der tiefen Sessel. Dann ging er, während Bouchard sich setzte, zur Bar und holte eine Flasche Champagner. »Ich freue mich über Ihren Besuch, Kommissar. Wie wäre es mit einem kleinen Begrüßungstrunk?«

»Danke. Ich will nicht lange bleiben. Sie haben eine neue Jacht?«

»Ja«, nickte Corbet und setzte sich. »Afrika II. Die alte ›Afrika‹ war zu langsam und auch zu breit. Die neue ist schnittiger, wissen Sie; sie macht schnellere Fahrt. Und auch die Einrichtung ist moderner.«

»Ich nehme an, sie hat auch viel mehr Stauraum.«

»So ist es! Aber seit wann interessieren Sie sich für Jachten, Kommissar? Wollen Sie sich ein Boot anschaffen? Da sind Sie bei mir an der richtigen Adresse. Ich weiß ein paar günstige Gelegenheiten. Boote, mit denen Sie nicht angeschmiert sind. Sie müssen es mir nur früh genug sagen.«

»Sie haben viele Freunde an Bord?«

»Ich liebe Freunde. Ich habe gern Menschen um mich.«

»Wie ich gehört habe, sind Sie fotoscheu.«

»Fotoscheu? Ich?« Corbet lachte. »Das kann nur

ein Mißverständnis sein. Wollen Sie meine Fotoalben sehen? Corbet in jeder Lebenslage. Nein, nein, ich war nie fotoscheu. Warum auch?«

»Wie erklären Sie es, daß in St. Tropez durch Diebstahl ein Bild Ihres Schiffes verschwunden ist? In der Nacht darauf hat man den Fotograf Zambatti fast erwürgt; er sollte das Negativ dieses Fotos herausgeben. Dabei hatte er es gar nicht.«

»Was Sie nicht sagen, Kommissar! Verstehe ich nicht, wie so was im schönen St. Tropez passieren kann.« Corbet schüttelte scheinbar ratlos den Kopf. »Zustände sind das!«

»Sie waren darüber nicht informiert?«

»Kein bißchen, ich schwöre es Ihnen! Ich lebe in Cannes. St. Tropez sehe ich nur vom Meer aus, wenn ich daran vorbeischippere.«

»Auf dem gestohlenen Foto waren außer Ihrem Schiff zwei Männer zu sehen. Bei dem einen der Männer handelt es sich ganz eindeutig um Sie, Monsieur Corbet.«

»Das ist ja unglaublich.« Corbet lachte. »Sie haben das Bild gesehen, Kommissar?«

»Nein.« Bouchard stand auf und ging zum Fenster. Er spürte deutlich, wie nervös sein Gesprächspartner jetzt war. Nach einigen Sekunden drehte er sich wieder um und blickte in Corbets lauernde Augen. »Man hat ja alle Abzüge entwendet.«

Corbet schien erleichtert. »Woher wissen Sie dann, daß ich auf dem Bild...«

»Der Fotograf hatte sich den Namen der abgebildeten Jacht gemerkt«, schwindelte Bouchard. »Da war es leicht herauszufinden, wem das Schiff gehört.«

»Natürlich!« Corbet stand jetzt ebenfalls auf. »Sie sehen, ich kann nicht so folgerichtig denken wie ein Kriminalbeamter. Wie lange arbeiten Sie eigentlich noch? Wann werden Sie pensioniert?«

»In sechs Jahren«, antwortete Bouchard.

»Das ist eine lange Zeit.«

»Ja, vor allem für die Gauner«, nickte der Kommissar. »Wieso interessiert Sie das eigentlich?«

Corbet zog es vor, darauf nicht zu antworten. Der Kriminalbeamte erwartete es wohl auch gar nicht, denn er verabschiedete sich ziemlich abrupt und verließ die weiße Villa auf den Klippen. Draußen vermied er es, sich noch mal umzudrehen; er war überzeugt davon, daß oben Corbet am Fenster stand und ihm mit sehr gemischten Gefühlen nachblickte, weil er verunsichert war.

Jawohl, mein Lieber, freute sich der Kommissar, da habe ich dir ein schönes Kuckucksei ins Nest gelegt. Brüte es ruhig aus – aber großziehen kannst du *den* Vogel nicht!

In Hamburg parkte Mischa Heideck nicht erst – wie verabredet – um 19 Uhr, sondern eine halbe Stunde früher seinen Sportwagen vor der Kunsthandlung Bruckmann. Durch die erleuchteten Schaufenster konnte er beobachten, wie die Angestellten den Laden in Ordnung brachten und die wertvollen Stücke aus dem Fenster nahmen: schweres Silber, alte Ringe und Armbänder, etruskische Ausgrabungen und ägyptische Funde. Statt dessen stellten sie billigere Holzschnitzereien aus und legten ein kleines Schild dazu mit der Aufschrift: ›Nacht-Dekoration‹. Man soll es den Dieben nicht zu leicht machen, auch wenn man hoch versichert ist.

Und dann sah Mischa, wie Sonjas Vater Thomas Bruckmann das Geschäft verließ und wegfuhr.

Zehn Minuten vor sieben fuhr ein großer amerikanischer Wagen vor, hielt hinter Mischa und zog die Blicke aller Passanten auf sich. Am Steuer saß – Ricardo Bombani. Er rauchte lässig.

Als es sieben Uhr schlug, stieg Mischa Heideck aus. Auch Bombani hüpfte aus seinem Chromschiff und ließ die Tür geräuschlos zuschnappen. Er trug einen mittelblauen Seidenglanz-Anzug, hochmodisch.

Mischa würdigte ihn keines Blickes. Das wollen wir doch mal sehen, dachte er, ob so ein windiger, dahergelaufener Bursche mir mein Mädchen wegnehmen kann. Sonja wird es nicht wagen, in den anderen Wagen zu steigen.

Aus dem Seiteneingang der Kunsthandlung kamen die letzten Angestellten. Die Beleuchtung im Laden ging aus, nur die Schaufenster glänzten noch im Licht.

Die Tür schwang auf. Sonja!

Verwundert – war das Staunen echt oder spielte sie es nur? – blieb sie stehen und musterte die beiden Wagen und die wartenden Männer. Sie gaben sich lässig, überlegen, und doch konnte man ahnen, daß sie lieber wie zwei Tiger übereinander herfallen würden, um sich zu zerfleischen.

»Servus, Sonja!« sagte Mischa laut und riß demonstrativ die Tür seines Sportwagens auf.

Sonjas Herz schlug bis zum Hals. Wie viele schöne Stunden habe ich auf diesem Lederpolster verbracht, dachte sie. Wie glücklich war ich! Aber dann dachte sie an die andere, an diese Ellen Sandor. Auch sie hatte auf diesen Polstern gesessen, den Arm um Mischas Nacken. Wer weiß, was die beiden noch alles miteinander getrieben haben!

Sie zog die Augenbrauen hoch, ihr Mund wurde schmal. Mit mir spielt man nicht! Ich bin kein billiger Urlaubsflirt. Ich bin kein Tennisball, den man hin- und herschlagen kann. Und wenn ein Mann sich einbildet, bei mir den Pascha spielen zu können, dann ist er schief gewickelt.

»Signorina!« rief in diesem Augenblick Bombani und breitete die Arme aus. »Es ist Abend und doch nicht dunkel! Wo Sie sind, scheint immer die Sonne! O cara mia...«

Du Affe, dachte Mischa wütend. Du Schwätzer! Darauf fällt sie nicht herein. Nicht Sonja! Sonja kann nüchtern denken. Es kam anders. Sonja wandte sich nach links und ging auf Ricardo Bombani zu.

Mischa durchzuckte es glühend, als er das sah. Das ist doch unmöglich, das geht doch nicht, das kann nicht sein. Will sie tatsächlich in den Wagen dieses dämlichen Angebers steigen und mich stehen lassen? Läßt sie sich einlullen von dieser Stimme, von diesen dämlichen Phrasen?

Er machte zwei große Schritte und stellte sich Sonja in den Weg.

»Ich bitte dich... nur ein paar Worte«, sagte er rauh. »Daß ich hier warte, muß dir doch sagen... Sonja!«

Eine Stimme, die von hinten kam, unterbrach ihn. Eine klebrige Stimme.

»Unterlassen Sie es gefälligst, die Dame zu belästigen«, sagte Bombani so melodiös, als sänge er. »Die Dame gehört zu mir...«

Das war der Moment, in dem Mischa Heideck rot sah. Es gibt im Leben Sekunden, in denen man instinktiv das Richtige tut. Hinterher weiß man nicht mehr, warum man ausgerechnet so und nicht anders handelte – aber man freut sich und ist stolz auf sich selbst.

Jedenfalls: Auf den süffisanten Ton Bombanis sprang Mischa Heideck vor, packte den verdutzten Italiener vorn am Anzug und drückte ihn gegen die Hauswand. Bevor Sonja etwas sagen konnte, klebte Bombani in der Türnische des Nebeneingangs.

»Rühr dich nicht!« sagte Mischa heiser vor Erregung. »Wage bloß nicht, dich zu wehren, sonst knallt es. Und hör gut zu: Die ›Dame‹, wie du so vornehm sagst, gehört dir einen Dreck. Wenn ich dich jetzt loslasse, wetzt du ab wie der Blitz. Und sollte ich dich noch einmal in der Nähe von Sonja sehen, dann fliegst du in die nächste Apotheke und kannst dort essigsaure Tonerde zum Kühlen holen – haben wir uns verstanden?!«

»Signore!« ächzte Bombani; er ließ sich nicht so

leicht unterkriegen. »Man sollte die Dame entscheiden lassen!«

Im selben Augenblick schlug Sonja mit ihrer Faust Mischa in den Rücken, und ihre Augen blitzten wild.

»Bist du verrückt?« zischte sie. »Was fällt dir ein! Laß ihn sofort los!«

»Ich denke nicht daran. Erst muß er mir versprechen, weder dir noch mir jemals wieder unter die Augen zu kommen.«

»Was geht das dich an?« fauchte sie. »Ich bin mit ihm verabredet.«

»Mit diesem windigen Typ? Diesem... diesem berufsmäßigen Liebhaber?«

»Unverschämtheit! Woher willst du das wissen? Du kennst ihn doch gar nicht. Außerdem: Seit wann hast du etwas gegen Liebhaber?«

Mischa wurde unsicher. »Ich kenne dich nicht wieder!« stotterte er.

»Du kennst mich überhaupt nicht!« Sonjas Augen glühten. »Du wirst mich nie kennenlernen. Kümmere dich lieber um dein Tennismädchen... Herr Bombani, kommen Sie, wir fahren!«

Mischa hatte sich wieder gefangen. »Der Kerl wird keine Lust haben, mit wackeligen Zähnen Serenaden zu singen«, meinte er, »denn die schlag' ich ihm ein. Jedenfalls wird er nicht mit dir wegfahren, selbst wenn ich deswegen nachher tausend Mark Strafe zahlen oder ins Gefängnis muß.«

»Doch, er fährt mit mir!« schrie Sonja trotzig.

»Nein!« schrie Mischa Heideck dagegen.

Überraschend ließ er Bombani los und packte

Sonja blitzschnell an beiden Handgelenken. Ehe sie recht wußte, wie ihr geschah, hatte er sie über die Straße zu seinem Wagen gezerrt. Dort gab er ihr einen Stoß, daß sie in den Sitz fiel, setzte mit einem gewaltigen Sprung über sie hinweg, landete hinter dem Steuer und drehte den Zündschlüssel. Der Motor heulte auf, und der Wagen raste davon wie von einer Raketenrampe abgeschossen. Sonja wurde nach hinten gepreßt und hielt sich krampfhaft irgendwo fest.

»Du bist wahnsinnig!« schrie sie. »Du hast 'ne Meise! Halt sofort an!«

»Darauf kannst du lange warten. Wir fahren jetzt bis ans Ende der Welt.«

»Ich springe aus dem Wagen...«

»Das hätte wenig Sinn. Wir sind bei hundertzwanzig. Es wäre schade um dich und deine Schönheit.«

»Ein Biest bist du!« rief sie hilflos. »Aber warte, Rache ist süß. Du wirst es noch bereuen.«

Unterdessen ordnete Ricardo Bombani sorgfältig seinen Anzug, strich sich über die glatten schwarzen Haare und ging zu dem geliehenen Auto. Diese Deutschen, dachte er. Haben kein Benehmen. Ein Glück, daß ich kein Sizilianer bin – sonst hätte ich jetzt die Pflicht, den Nebenbuhler zu töten... Sinnend setzte er sich in den Wagen und überlegte. Was tun? Aufgeben konnte er nicht. Ohne das Negativ dieses verdammten Bildes durfte er nicht zurück, sonst war er erledigt. Er mußte noch mal auf andere Weise versuchen, an das Foto heranzukommen...

Mischa Heideck war aus der Stadt hinausgejagt

und fuhr nun an der Elbe entlang. Dann bog er ab und lenkte den Wagen langsamer über Waldwege und durch Wiesen in so einsame Gegenden, daß es Sonja langsam unheimlich wurde. Wenn er mir zu nahe kommt, dachte sie, dann werde ich um mich schlagen und treten und kratzen. Ist er wirklich in diese Einsamkeit gefahren, um mich... Sie sah Mischa von der Seite an.

»Wohin fahren wir eigentlich?«

»Nicht mehr weit.«

»Und was soll das?«

Sie kamen in ein Waldstück. Hier hielt er an. Sie drückte schützend ihre Tasche vor die Brust.

Mischa grinste unverschämt. »Hast du etwa Angst?«

»Vor dir? Pah! Das fehlte noch.«

»Ich möchte doch nur, daß du mich anhörst.«

»Ich will aber nicht!«

Mischa wurde ernst. »Warum machen wir es uns so schwer, Sonja? Ich wünsche mir, daß du mich verstehst, weil ich dich liebe.«

»Und Ellen Sandor?«

»Genau dies ist das Thema, über das wir uns unterhalten müssen. Schließlich sind wir doch keine Kinder mehr, du wirst bald neunzehn. Es ist so, daß ich Ellen Sandor heiraten soll...«

»Aha!« unterbrach Sonja ihn. »Da haben wir es!«

»Wenn du mich nicht ausreden läßt, kommen wir nie zum Ziel! Gewiß, meine Eltern wollen, daß ich Ellen heirate – verstehst du: meine Eltern! Aber für mich selbst kommt das überhaupt nicht in Frage. Ich lasse mich doch nicht wegen irgendwelcher Geschäftsinteressen meines Alten einfach verkuppeln. Ich heirate, wen ich liebe – und das bist du. Keine andere als du!«

»Übernimm dich bloß nicht mit deinen Geständnissen«, sagte Sonja frech. »Geld ist das wichtigste im Leben. Und Ellen Sandor ist genau der Typ Mädchen, der zu dir paßt. Eingebildet, dumm, angeberhaft elegant, liebestoll. Küßchen vor dem Tennissatz, Küßchen nach dem Tennissatz, immer und überall Küßchen…«

»Ich weiß ja, daß du uns beobachtet hast. Na schön, Ellen und ich, wir haben uns Küßchen gegeben – was bedeutet das schon?«

»Wirklich interessant!« rief Sonja. »Mit jedem Wort entlarvst du dich mehr. Daß dir Küsse nichts bedeuten, ist der Höhepunkt. Los, fahr mich nach Hause, Mischa! Sofort. Ich will nichts mehr hören.«

»Sag mal, was verlangst du eigentlich? Denkst du, wir zwei leben allein auf der Welt? So naiv kannst du doch nicht sein. Natürlich habe ich vor dir Mädchen gekannt – und gut gekannt! Ich bin ein normaler junger Mann, der gern seinen Spaß hat. Und nun hör endlich einmal ganz genau zu, ohne gleich wieder einen Anfall zu bekommen!« Er nahm Sonjas Kopf in beide Hände und drehte ihr Gesicht zu sich. »Von all den Mädchen, mit denen ich zu tun hatte, war keine so wie du! Von einigen kenne ich schon den Namen nicht mehr; keines hat es fertiggebracht, daß ich mich ehrlich und ernsthaft verliebte.«

»Hab' ich mir doch gleich gedacht, daß du so einer bist!«

»Was heißt das: so einer?!« Er sah auf Sonjas bebende Lippen. »Ich liebe dich«, sagte er leise. »Du bist die erste und einzige, die ich bitte: Laß uns zusammenbleiben. Für immer...«

Dann küßte er sie. Lange. Sehr lange. Mit geschlossenen Augen. Und Sonja wehrte sich nicht. Als er sie endlich wieder losließ, sank sie nach hinten in die Polster und rang mühsam nach Luft.

»Das ist alles ganz schön und gut«, keuchte sie, »aber es ist nicht nötig, daß du mich dabei erstickst...«

Auf dem Rückweg waren die beiden fröhlich und ausgelassen. Das Autoradio spielte, und Mischa und Sonja sangen dazu.

Der Dieb kam von hinten an das Haus heran. Durch den Garten. Er drückte ein Kellerfenster ein – es ging ganz einfach, das Fenster war durch kein Gitter geschützt – und zwängte sich ins Innere. Als diese Patrizierhäuser in der Hamburger Petri-Fleet vor fast zweihundert Jahren erbaut wurden, dachte keiner an Einbrecher. So kam der Dieb leicht hinein in das Gebäude Nr. 5 und durchsuchte die Räume des Antiquitätenhändlers Thomas Bruckmann.

Alle Bewohner schliefen fest. Die Schlafzimmer lagen im oberen Stockwerk, und so konnte es niemand hören, wenn unten jemand rumorte – zumal der Dieb sehr geschickt vorging; er hatte Übung in solchen Dingen. Es war nicht der erste Einstieg des Ricardo Bombani.

Mit seiner Taschenlampe schlich er durch die Zimmer und suchte nach diesem verfluchten Negativ. Eine schier unlösbare Aufgabe, in einem fremden Haus ein kleines Bildchen zu suchen... nichts weiter als ein Blättchen Zelluloid.

Bombani ging systematisch vor, soweit das überhaupt möglich war. Er kontrollierte alle Schubfächer vom Schreibtisch Bruckmanns und anschließend den Rokokosekretär Irene Bruckmanns. Hier entdeckte er ein paar Negative und hielt sie eins nach dem anderen vor den Lichtkegel der Taschenlampe. Das Bild mit der Jacht war nicht darunter. Vor dem Tresor in Bruckmanns Herrenzimmer hielt er sich gar nicht erst auf; ein dämliches Negativ schließt man nicht hinter dicken Stahlplatten ein.

Als die unteren Räume ergebnislos durchsucht waren, schlich Bombani ein Stockwerk höher zu den Schlaf- und Gastzimmern. Das erste, das er leise öffnete, war das Elternzimmer.

Thomas Bruckmann schlief fest. Sein lautes Schnarchen wurde begleitet vom pfeifenden Atem seiner Frau Irene. Nach einem kurzen Überblick sah Bombani ein, daß hier kein Negativ sein konnte und schloß die Tür wieder. Das nächste Zimmer war leer, das übernächste auch. In den Schränken und Kommoden entdeckte er nichts, was ihn weiterführen konnte. Im vierten Raum sah er Sonja im Bett liegen, ebenfalls in tiefem Schlaf.

Sie hatte die Steppdecke etwas weggestrampelt, ihr blondes Haar schien zu leuchten. Schön war sie.

Doch Bombani riß sich von dem verführerischen Anblick los, tappte auf Zehenspitzen im Zimmer herum und durchsuchte alle Schubladen. Unter all den Sachen, die ein junges Mädchen ablegt, fand sich eine größere Anzahl entwickelter Fotos, aber kein Negativ.

Bambani knipste die Taschenlampe aus und überlegte. Sollte er Sonja wecken und sie zwingen, das Negativ herauszugeben? Wenn sie aber dann Krach schlug? Außerdem hatte sein Auftraggeber Roger Corbet in Frankreich gesagt: Keine Gewalt! Kein Aufsehen!

Bombani seufzte leise, ließ den Lichtstrahl noch einmal über Sonjas Gesicht gleiten und schlich dann hinaus.

Auf dem Flur hörte er plötzlich ein Geräusch; es war, als würde jemand irgendwo ein Licht anknipsen. Und dann waren da noch tapsende Schritte, die näherkamen.

Er reagierte wie in alten Zeiten. Er schnellte über den Flur, riß eine der Türen auf und zog sie hinter sich wieder zu. Das geschah im letzten Moment, denn gleichzeitig erschien Irene Bruckmann in einem großgeblümten Morgenmantel auf dem Flur und ging noch etwas schlaftrunken zum Badezimmer.

In dem Raum, in den er sich geflüchtet hatte, ließ Bombani seine Lampe aufleuchten. Das Zimmer war schmaler als die anderen. Am Fenster stand ein Bett, und in diesem Bett – saß ein Mädchen. Aufrecht. Starr vor Schreck, den Mund weit offen, als wolle sie jede Sekunde losschreien.

Bombani blieb keine andere Wahl – er rettete sich in die Verführung: »O Madonna!« rief er leise. »Endlich finde ich dich. Psst... sei still... Seit Tagen laufe ich dir nach. Es zerriß mich, wenn ich dich auf der Straße sah. Meine Sehnsucht hat mich ganz krank gemacht... O mein süßes Mädchen...«

Er stürzte zu dem Bett, kniete davor nieder und küßte die Unbekannte. Nach dem vierten glühenden Kuß wurde sie weich, nach dem neunten lag sie in Bombanis Armen – und nach dem vierzehnten glaubte das Hausmädchen der Bruckmanns, irgendwo in Italien zu sein. Ein zärtlicher Traum vom Land der Liebe...

So wurde Bombani gerettet.

Am Morgen, als die Familie Bruckmann schon längst in die Stadt gefahren war, schlich der unwiderstehliche Ricardo aus dem Haus Petri-Fleet Nr. 5. Else, das Hausmädchen, ließ die zerbrochene Fensterscheibe im Keller erneuern. Niemand erfuhr von dem nächtlichen Besuch.

Es fiel Bombani schwer, aber er mußte es tun. Er sandte ein Telegramm an Roger Corbet mit dem Text:

›Apfelsinen nicht erreichbar. Was tun? Ricardo.‹

In der weißen Villa hoch oben auf dem Felsen bei Cannes bekam Corbet wütende Augen, als er das las. Er wußte, daß Mr. Zero, der Boß, auf eine Erfolgsmeldung wartete. Kommissar Bouchard lief überall herum und faselte von dem Bild. Es konnte keine zwei Tage mehr dauern, dann kannte auch die Polizei die Adresse des Hamburger Mädchens. Dann flog vielleicht die ganze Organisation auf.

Der Boß würde jedenfalls keine Gnade kennen und ihn, Corbet, zur Verantwortung ziehen. Er fragte nicht danach, ob ein Auftrag durchgeführt werden konnte oder nicht. Den Begriff ›unmöglich‹ gab es für ihn nicht. ›Unmöglich ist allein, zweihundert Jahre alt zu werden‹, pflegte er zu sagen, ›alles andere ist möglich.‹

An dem verdammten Foto hing das Schicksal sehr vieler Menschen. Es ging um Leben und Tod. Abgesehen von den Millionen an Dollar aus dem Rauschgifthandel, der möglicherweise für lange Zeit unterbunden wurde.

Roger Corbet wurde munter. In Hamburg bekam Ricardo Bombani noch am gleichen Tag ein Telegramm aus Cannes:

›Firma besteht auf Lieferung der Apfelsinen. Keine Rückkehr ohne Geschäftsabschluß möglich. Kosten spielen keine Rolle. Sie haben alle Vollmachten. Roger.‹

Das hieß auf gut deutsch: Wenn du das Negativ nicht schnellstens beschaffst, ganz egal auf welche Weise, dann bist du ein toter Mann.

Bombani saß mit dem Telegramm auf seinem Bett und stierte gegen die Wand. Der Auftrag war klar, aber ihn schauderte es. Jetzt ging es um seinen Kopf. Wie kam man an das Foto heran?

Den kühnen Gedanken, Sonja zu entführen und

zu erpressen, wischte er gleich wieder weg. Das würde zu viel Aufsehen verursachen. Er ahnte in diesem Augenblick nicht, daß schon bald ein neuer Befehl aus Cannes kommen würde: das Todesurteil für Sonja Bruckmann.

Der Fotograf Zambatti in St. Tropez verfluchte den Tag, an dem ihm der Gedanke gekommen war, einen Fotowettbewerb zu veranstalten. Seitdem hatte er nichts als Ärger damit. Wieder ahnte er Böses, als eines Tages zur Mittagszeit – die Straßen waren wegen der Hitze leer und Besucher kaum zu erwarten – zwei Männer in weißen Anzügen eintraten, die Ladentür schlossen, auf ihn zukamen und ihm zwei Boxhiebe versetzten, daß er gegen die Wand geschleudert wurde.

»Das ist nur ein kleiner Vorgeschmack«, sagte der eine leichthin. »Wenn es sich herausstellen sollte, daß wir wiederkommen müssen, kannst du gleich dein Testament machen.«

Ehe Zambatti reagieren konnte, erklärte der zweite Mann: »Hör genau zu, wir reden nur ein einziges Mal darüber. Wenn dich irgend jemand fragt, wer das Bild gemacht hat – du weißt ja, um welches Foto es sich handelt –, dann sagst du, du hättest den Namen vergessen. Von der Adresse in Deutschland hast du keine Ahnung. Ist das klar?«

Da Zambatti nicht sofort antwortete, bekam er eine Ohrfeige, daß er dachte, sein Kopf werde abgerissen.

»Ob das klar ist, du Hohlkopf? Sollen wir vielleicht deine Bude abbrennen?«

»Alles... alles klar«, stotterte Zambatti zitternd.

»Auch wenn dich die Polizei fragt, sagst du nichts – oder du mußt dir einen Rollstuhl kaufen. Also besser ist es, du bist stumm wie ein Regenwurm. Denk daran!«

Damit verschwanden die Kerle. Schon eine Stunde später erschien Kommissar Bouchard in Zambattis Laden. Der Fotograf hatte inzwischen vor Kummer einen Liter Wein getrunken – eine unvernünftige Tat angesichts der großen Hitze – und saß mit hochrotem Kopf hinter seiner Theke. Er starrte den Ausweis an, den Bouchard ihm unter die Nase hielt.

»Die Polizei!« jubelte er trunken. »Ein Foto gefällig, Herr Kommissar? Porträt? Oder Ganzbild? Oder auf dem Eisbärfell?«

»Sie sind ja besoffen«, sagte Bouchard ärgerlich. »Und das am hellen Tag! Haben Sie irgendwelchen Kummer?«

»Ich feiere die siebente Wiederkehr meines Witwerdaseins«, rief Zambatti. »Darf ich Sie einladen, Herr Kommissar? Meine Anna Maria Doria war es wert, daß man bei einem Weinchen an sie denkt. Ein Mordsweib, sage ich Ihnen. Ich habe einen guten Roten hier, der wird Ihnen schmecken. Setzen Sie sich doch...«

»Das Mädchen, von dem das preisgekrönte Wettbewerbsfoto stammte, hieß Sonja Bruckmann, nicht wahr?« fragte Bouchard ohne Umschweife. Zambatti lachte blöde.

»Ein Foto? Was für ein Foto?«

»Die Aufnahme von der Landschaft am Meer mit der Jacht und den zwei Männern, die sich unterhalten.«

»Ach das! Ich erinnere mich. Aber der Name der jungen Dame ist mir entfallen.«

»In der Redaktion der Zeitung wußten Sie ihn noch. Wo kam diese Sonja Bruckmann her?«

»Ich ... ich weiß es wirklich nicht, Herr Kommissar. Ich habe ein schlechtes Namensgedächtnis, und bei den vielen Leuten, die bei mir Bilder machen lassen ... wo käme ich hin, wenn ich mir immer merken würde, wie die alle heißen? Wollen Sie nicht doch ein Glas Rotwein?«

Zambatti erhob sich schwankend. Bouchard griff über die Theke und hielt ihn am Hemd fest. »Zambatti, es geht auch anders. Sie kennen die Adresse, ich weiß es! Wir könnten auch in allen Hotels nachfragen, aber bei Ihnen ist es einfacher und geht schneller. Wohnte sie in St. Tropez oder in der Umgebung?«

»Bin ich ein Wahrsager, Kommissar?« Zambatti rülpste, aber die Augen waren jetzt merkwürdig klar. »Ich könnte höchstens raten, aber das würde Ihnen nicht viel helfen. Tut mir ehrlich leid.«

»Gut!« meinte Bouchard wütend. »Ich habe hier mehrere Meldungen von Polizisten: Im vergangenen Monat haben Sie vierzehnmal die Ladenzeiten überschritten. Das kommt Sie teuer zu stehen.«

»Was soll ich tun? Meine Kunden richten sich nicht nach der Uhr.« Zambatti schwankte. Zum Teufel, dachte er, was wollen die bloß alle mit dem blöden Foto? Was ist das für ein Geheimnis? »Und nun muß meine Zunge begossen werden, Herr Kommissar. Das viele Sprechen macht sie ganz rauh.«

Um das zu beweisen, streckte er weit seine Zunge heraus. Bouchard ließ ihn los und gab ihm einen Stoß, daß er auf seinen Sitz zurücktaumelte. »Also machen wir es anders – aber Sie, Zambatti, werden noch Blut schwitzen, das verspreche ich Ihnen!«

Zambatti glaubte ihm aufs Wort. Er hockte sich in eine Ecke und hatte Angst. Er überlegte, ob er seinen Laden verkaufen und nach Alassio ziehen sollte. Dort konnte man auch gutes Geld an Touristen verdienen. Als Strandfotograf zum Beispiel. Außerdem wäre man in Italien, in der Heimat. O mamma mia...

Schon als von der Tür der Kunsthandlung Bruckmann her die Ladenklingel ertönte – das Glöckchenspiel aus Florenz – und Sonja aus dem Hinterzimmer die langen tiefschwarzen Locken sah, die auf die Schultern der eintretenden Person fielen, da wußte sie: Jetzt würde sie alle ihre Kräfte brauchen. Sie blieb so lange im Hinterzimmer, wie es ging, aber das Schicksal war nicht aufzuhalten. Ihr Vater bediente ein Ehepaar, das sich für ein Renaissancebett interessierte, die beiden anderen Verkäufer hatten ebenfalls Kunden zu betreuen. Kein Ausweichen war möglich!

Sie kam aus ihrem Versteck heraus wie eine zu allem entschlossene Löwin, die ihre Jungen gegen einen angreifenden Bären verteidigen muß.

Ellen Sandor, verführerisch schön, in einem fantastischen Kleid, die Augenbrauen etwas hochgezogen, musterte gerade eine chinesische Vase aus der II. Ming-Dynastie, als Sonja um ein Regal herumkam. Die beiden jungen Frauen hatten sich offiziell noch nicht gesehen, aber Ellen Sandor wußte sofort, wer die blonde junge Dame inmitten der wertvollen Altertümer war.

»Echt?« fragte Ellen mit einem maliziösen Lächeln und tippte dabei auf die Vase, die mehr als 5000 DM kostete.

Sonja erwiderte das unverschämte Lächeln. »Sie meinen, Ihre Haarfarbe? Ich weiß nicht... so ein ebenmäßiges Schwarz gibt es in der Natur gar nicht.«

Die erste Runde geht an mich, dachte sie. Ellen Sandors Augen ziehen sich zusammen. Das hat gesessen, mein Püppchen, nicht wahr? Das tut weh! Soll es auch! Du willst mich ja auch auf die Palme bringen, wozu bist du sonst hier?

Ellen ging weiter durch den Laden, stolz, wiegte sich in den Hüften, schien sich ihrer Schönheit voll bewußt und überlegte, wie sie ihre Rivalin demütigen könnte. Soll ich sie im Laden auf Leitern jagen und mir alte Klamotten aus den oberen Regalen runterholen lassen? Oder soll ich um einen Preis feilschen? Nein, das ist alles zu billig. Ich muß es anders machen. Mit einem gezielten Schuß muß ich mitten in ihr Herz treffen.

»Wo ist Mischa?« fragte sie plötzlich. Sonja zuckte

zusammen und sah instinktiv auf eine der vielen Uhren. 16 Uhr. Um 19 Uhr wollte Mischa sie abholen. Noch drei Stunden. Nur drei Stunden. Andererseits: Was kann in drei Stunden alles geschehen.

»Woher soll ich wissen, wo Mischa ist?« sagte sie trocken. »Wieso fragen Sie mich das überhaupt? Wenn Sie ihn suchen: Sie kennen ja alle Plätze, wo er sich aufhalten könnte.«

»Allerdings!«

»Na also! Hier befindet er sich jedenfalls nicht. Er steckt weder in einer Bodenvase noch hockt er in einem alten Bauernschrank. Aber wenn Sie nachsehen wollen...« Sonja öffnete einen bemalten Bauernschrank aus dem 17. Jahrhundert: »Bitte!«

»Werden Sie nicht impertinent!« Ellen Sandor bekam einen roten Kopf. Ihre Nasenflügel zitterten wie bei einem kurz vor dem Start noch zurückgehaltenen Rennpferd. »Ich weiß, daß Sie Mischa erwarten. Heute abend.«

»Kann ich Ihnen etwas verkaufen?« fragte Sonja steif und zog wie zum Schutz die Schultern hoch. Der Blick Ellen Sandors war wie eine Stichwaffe. »Interessieren Sie sich vielleicht für Ausgrabungen? Ich habe einen Schminktopf aus der Zeit der Phönizier hier.«

Ellen Sandor ging auf das Angebot nicht ein. Statt dessen sagte sie betont langsam und beobachtete ihre Gegnerin bei jedem Wort, um die Wirkung genau registrieren zu können: »Er wird heute abend *nicht* kommen!«

Sonja wurde es eiskalt ums Herz.

»Ach?! Dann wissen Sie aber sehr viel.«

»Mischa *kann* gar nicht kommen«, fuhr Ellen Sandor fort, und ihre Stimme klang fast triumphierend. »Er ist heute morgen nach Düsseldorf geflogen. Zu meinem Vater.« Sie streichelte den Bauch einer Mädchenplastik; der junge nackte Körper sollte den Frühling darstellen. »Jetzt wird er gerade vor ihm sitzen und um meine Hand anhalten. Mein Erzeuger ist noch ein bißchen altmodisch, müssen Sie wissen. Er will die Form wahren, obwohl das heutzutage eigentlich alles Quatsch ist. Aber ich möchte den Alten nicht unnötig verärgern; schließlich soll das eine große und feierliche Hochzeit werden.«

Es war ein Schlag, den Sonja nicht erwartet hatte. An alles hatte sie gedacht, als sie Ellen Sandor in den Laden kommen sah; an alle Gemeinheiten, die man sich entgegenschleudert, wenn man um einen Mann kämpft. Darauf hatte sie sich eingestellt, da wollte sie mitmachen und siegen ... Aber diese nüchterne Mitteilung, die wie eine Bombe tief in ihre Seele fiel, kam so erbarmungslos plötzlich und war so ungeheuerlich, daß aller Widerstand und aller Kampfwille in sich zusammenfielen. Sonja taumelte gegen ein Regal und lehnte sich dagegen. Ihre Augen verloren jeden Glanz.

»Das ist nicht wahr«, stammelte sie bloß, »das ist ... nicht wahr ...«

Ellen Sandor genoß Sonjas Verzweiflung. Sie spielte mit einer birmesischen Glöckchenpagode und ließ die silbernen Glöckchen aufklingen, indem sie mit den Fingerspitzen dagegen tippte. Eine fröhliche Melodie zu Sonjas innerer Aufgewühltheit. Eine unverschämte Provokation.

»Sie lügen!« sagte Sonja schließlich heiser. Es war ihr, als halte ihr irgend jemand den Hals zu. »Sie lügen!«

»Es steht Ihnen frei, bei Mischa anzurufen. Sie wissen doch seine Telefonnummer? Nein? Merkwürdig! Die weiß ich immer: 3 67 89...« Auch diesen Triumph genoß sie in vollen Zügen. Ein Mädchen, das verliebt tut und nicht einmal die Nummer ihres angeblichen Liebsten im Kopf hat. Jedesmal erst im Telefonbuch nachblättern – was ist das denn für eine Liebe! Da kann man doch nur lachen!... Sonja spürte diesen Hohn und mußte erst ein paarmal tief durchatmen, ehe sie sich wieder einigermaßen gefangen hatte. Der Glanz kam in ihre Augen zurück, aber das Herz tat weh, als sei es mittendurch gebrochen.

»Sie wollen also nichts kaufen?« fragte sie kalt.

»Nein. Antiquitäten machen mich allergisch. Ich rieche dann überall Staub. Ich bin ein moderner Mensch.«

»Wenn Sie kein Gefühl haben für das, was echt und schön ist – warum sind Sie dann überhaupt gekommen? Oberflächliche Leute, die nur Firlefanz suchen, sind bei uns fehl am Platz... Und jetzt entschuldigen Sie mich bitte, ich werde von einer neuen Kundin gewünscht.« Sonja ließ Ellen Sandor einfach stehen und ging zur Haupttheke. Dort stand eine Frau und betrachtete römische Ausgrabungen. Kleine Vasen, Ölamphoren, flache Schmuckschalen.

Ellen Sandor warf den Kopf in den Nacken und verließ stolz den Laden. Ihre Mission betrachtete sie als erfüllt. Sonja Bruckmann würde so sehr enttäuscht sein, daß sie Mischa nicht mehr ansah, geschweige denn mit ihm sprach. Wahrscheinlich war es das erste Verliebtsein der Kleinen, da geht es noch um alles oder nichts; da wirkt schon die kleinste Enttäuschung wie ein riesiger Wasserkübel, der das Strohfeuer der Liebe in Sekundenschnelle erstickt. Dieser Kampf war gewonnen, der Sieg leicht gewesen. Eine ebenbürtige Gegnerin hatte es für Ellen Sandor ohnehin noch nicht gegeben. Wer konnte ihr schon widerstehen?

Sonja wartete, bis ihre Rivalin mit dem hellroten Sportwagen weggefahren war. Dann entschuldigte sie sich bei der Kundin, lief ins Büro, suchte Mischa Heidecks Telefonnummer heraus und rief ihn an.

Doch niemand nahm den Hörer ab. Sie ließ es noch mehrmals schellen und legte dann wieder auf. Er ist tatsächlich verreist, dachte sie. Angst legte sich auf ihr Herz, aus der Angst wurde Trauer, schließlich Enttäuschung und am Ende Zorn und Trotz.

Mischa erschien auch nicht zur Verabredung; er ließ sie allein an diesem Abend, ohne sich auch nur zu melden. Es stimmte also, was Ellen Sandor behauptet hatte. Soll er sie doch heiraten!

Sonja sah sich zu Hause im Spiegel an, verglich sich mit Ellen Sandor und fand keine Antwort auf die bohrende Frage, was Mischa so Besonderes an Ellen fand. Die hatte doch eigentlich nichts, was sie selber nicht auch vorweisen konnte. Immerhin, etwas fehlte ihr: das gewisse Etwas, der besondere Pfiff, die betörende Ausstrahlung.

Hinten nahm Sonja ihre langen Haare hoch und steckte sie fest. Dann holte sie einen Lippenstift aus ihrer Tasche und schminkte sich dick die Lippen. Sie zog die Augenbrauen nach und strich ein wenig Farbe auf die gesenkten Lider. Sie war so vertieft in ihr Tun, daß sie ihren Vater erst bemerkte, als er hinter ihr stand und über ihre Schultern in den Spiegel blickte.

»Was soll denn das?« fragte Thomas Bruckmann verwundert. »Haben wir Karneval?«

»Wie findest du es?« fragte sie leise.

»Nicht besonders«, meinte er.

Sie ließ Wasser laufen, nahm einen Lappen und schmierte alle Farben über ihr Gesicht. Wie ein Clown, der sich abschminkt, sah sie aus. Lachend verließ Bruckmann das Bad. Welche Faxen junge Mädchen doch im Kopf haben, dachte er und ahnte nicht, wie verzweifelt Sonja in Wirklichkeit war.

»Ich bin keine angemalte Puppe!« sagte sie leise zu ihrem verschmierten Spiegelbild. »Wenn du mich nur als dein Spielzeug siehst, Mischa, dann leb wohl! Dann wollen wir uns vergessen.«

Am Abend, nach dem Essen, ging sie schon bald wieder in ihr Zimmer, legte sich auf das Bett und machte das Licht aus. Im Dunkeln starrte sie an die Decke und dachte an Mischa, der jetzt bestimmt in Düsseldorf am Tisch seines zukünftigen Schwiegervaters saß und mit ihm auf eine glückliche Zukunft anstieß. Eine Zukunft mit dieser dämlichen Ellen

Sandor. Und sie, Sonja, war für alle Zeiten ausgeschlossen.

Bei diesem Gedanken erst weinte sie.

Unten im Wohnzimmer trank Thomas Bruckmann seine abendliche Flasche Wein. Da es nichts Gescheites im Fernsehen gab, keinen Krimi, kein ›Dallas‹, kein ›Denver‹ und keine ›Schwarzwaldklinik‹, las Irene Bruckmann in einer Frauenzeitschrift und ärgerte sich über die neue Mode.

»Sonja gefällt mir nicht«, sagte Bruckmann plötzlich; »seit den Ferien hat sie sich irgendwie verändert. Ob sie immer noch an diesen Michael Heideck denkt? So wie sie benimmt man sich nur, wenn man unglücklich verliebt ist.«

»Soll ich sie danach fragen?« Irene Bruckmann legte die Zeitschrift weg. »Vielleicht will sie sich mal aussprechen – obwohl es in der letzten Zeit schwer ist, über solche Dinge mit ihr zu reden. Sie gibt sich merkwürdig verschlossen«

»Wundert dich das?« Bruckmann sog an seiner Zigarre und blies Ringe gegen die Decke. »In diesem Alter muß man sich abnabeln von den Alten. Außerdem ist sie volljährig geworden und kommt sich schon als fertige Erwachsene vor, die gleichberechtigt behandelt werden will. Im großen und ganzen verstehen wir uns ja meist recht gut – trotzdem hält sie uns im tiefsten Herzen für unverbesserliche Spießer.«

»Also, ich weiß nicht, ob man das so sehen kann. Du bist doch ihr bestes Stück.«

Bruckmann lachte. »Das war einmal, meine Liebe.

Als sie klein gewesen ist, das stimmt, da waren wir ein Herz und eine Seele. Und was mich betrifft, so gilt das auch heute noch. Aber bei ihr sieht das wohl inzwischen ein bißchen anders aus. Jetzt ist ihr ein Jüngling wie Heideck wichtiger als ihr Vater.« Er trank bedächtig seinen Wein. »Morgen werde ich versuchen, mit ihr darüber zu sprechen. Schließlich ist das eine Angelegenheit, die man nicht einfach in der Luft hängen lassen kann.«

Den ganzen folgenden Tag kam Bruckmann nicht dazu, sich um seine Tochter zu kümmern. Der Antiquitätenladen war ständig überfüllt. Es hatte sich schnell herumgesprochen, daß Bruckmann ein französisches Schloß ›ausgeschlachtet‹ hatte, wie der alte kunstsinnige Reeder Louis Bonkratius das respektlos nannte. Ohne eines der Stücke im Geschäft greifbar zu haben – man konnte nur Fotos der Neuerwerbungen besichtigen, da wegen der Verzögerungen durch Zoll- und Frachtformalitäten eine Lieferung erst in etwa zwei Wochen möglich war –, verkaufte der Antiquitätenhändler fast die Hälfte der Sachen aus dem Schloß.

Besonders begeistert war Louis Bonkratius von einem Krankenstuhl aus dem 18. Jahrhundert. Es war ein Möbel, das im Sitz ein großes Loch aufwies, unter dem eine Kupferkanne hing, in die der bewegungsunfähige Kranke ungeniert sein Geschäft verrichten konnte.

»Das wird mein Ehrenstuhl!« frohlockte der alte

Bonkratius. »Auf dem lasse ich jeden prominenten Besucher sitzen. Und unten wird ein Volant angebracht, damit man die Pfanne nicht gleich sieht. Erst dann, wenn der Gast sich erleichtert hat und so richtig wohl fühlt, wird der Vorhang weggezogen – welch ein Spaß!«

Manche Menschen haben eine seltsame Fantasie...

Auch am Abend konnte Bruckmann nicht mit seiner Tochter sprechen, weil sie ohne besondere Vorankündigung zu einer Freundin gegangen war. Dafür gab es für ihre Eltern eine große Überraschung: Es klingelte an der Wohnungstür, und das Hausmädchen meldete kurz darauf einen Gast, mit dem niemand gerechnet hatte: Mischa Heideck.

Als er eintrat, hielt er in der Hand einen riesigen Strauß aus blaßrosa Rosen.

Bruckmann fühlte sich überrumpelt und wußte nicht recht, wie er reagieren sollte. Auf jeden Fall ging er Mischa entgegen und rief: »Das ist ein lieber Besuch!« Er drückte dem Besucher die Hand. »Sie sehen gut aus! Ist das noch immer die Mittelmeerbräune – oder waren Sie inzwischen schon wieder im Süden?«

Vielleicht nimmt er Höhensonne, um bei den Mädchen anzugeben, dachte Irene. Ihr Mutterherz stellte sich auf Kampf ein. In ihrem Blick lag, was sie nicht aussprach: Was wollen Sie hier? Meine kleine Tochter verwirren und verführen? Wie viele Mädchen haben Sie bereits auf dem Gewissen? Verschwinden Sie auf dem schnellsten Wege, Sie bringen nur Unruhe in unser Haus.

Mischa Heideck überreichte ihr die herrlichen Rosen mit ein paar artigen Worten. Er bat um Vergebung dafür, daß er zu unangebrachter Zeit hier auftauche, aber er sei erst heute mittag aus Düsseldorf zurückgekommen. Dann fragte er ganz direkt: »Wo ist Sonja?«

»Bei einer Freundin«, sagte Bruckmann. »Möglicherweise sind die beiden ins Kino oder in eine Diskothek gegangen. Heutzutage weiß man als Vater kaum noch, wo sich die Sprößlinge herumtreiben.«

»Das ist gut«, meinte Mischa und nahm Platz. Irene Bruckmann legte die Rosen neben sich auf den Tisch, als seien sie aus Papier. Es wäre ein leichtes gewesen, dem Mädchen zu läuten und eine Vase bringen zu lassen. Irene tat es aus Protest nicht.

»Wieso ist das gut?« fragte sie spitz. »Was ist gut? Daß die Eltern nicht wissen, wo die Kinder sind?«

»Nein!« sagte Mischa schnell. »So war das nicht gedacht. Ich wollte ausdrücken, daß ich es gut finde, wenn ich einmal allein mit Ihnen sprechen kann. Ohne Sonja.« Er blickte zu Bruckmann hinüber, als erwarte er von dort Hilfe, aber Sonjas Vater war damit beschäftigt, noch ein Glas Wein zu holen. »Sie kennen mich vom Urlaub her, und ich bin glücklich, Ihre Familie kennengelernt zu haben. Und Sonja und ich, wir haben uns gut verstanden.«

»Hm, hm«, machte Bruckmann. Was sollte er mit der Vorrede des jungen Mannes anfangen? Irene Bruckmann saß steif im Sessel; wie Königin Elisabeth nach dem Todesurteil an Maria Stuart.

»Nun ja, Sonja fand Sie ganz nett«, sagte sie obenhin.

»Leider ist es so«, fuhr Mischa fort, »daß es zwischen Sonja und mir zu einem Mißverständnis gekommen ist.«

»Ein Mißverständnis?« Bruckmann sah ihn erstaunt an. »Dergleichen kann immer mal passieren. Aber sollten Sie das nicht am besten mit Sonja selbst klären? Gemeinsam könnte man es sicher schnell...«

»Ach was!« winkte Irene ab. Sie ärgerte sich über das undiplomatische Verhalten ihres Mannes. »Es ist gut, daß Sie gekommen sind, Herr Heideck.« Ihre Stimme klang jetzt etwas freundlicher. »Was könnten wir Ihrer Meinung nach tun?«

»Ich mag Sonja gern. Sehr gern. Ganz ehrlich. Und ich weiß, daß dieses Gefühl auf Gegenseitigkeit beruht. Doch nun glaubt sie aufgrund eines unglückseligen Zusammentreffens, daß mich mit Ellen Sandor – der Tochter eines Fabrikanten – mehr als nur Freundschaft verbindet. Ich habe versucht, ihr das auszureden.«

»Und es ist Ihnen nicht gelungen?« fragte Irene.

»Genauso war es!«

»Das kann man doch nur als gutes Zeichen sehen«, mischte Bruckmann sich ein. »Wenn Sie Sonja gleichgültig wären, würde ihr diese Ellen Sandor völlig schnuppe sein. Das ist Eifersucht, weiter gar nichts.«

»Meinen Sie wirklich?« zweifelte Mischa.

In diesem Augenblick wurde die Tür aufgerissen

mit so viel Schwung, daß sie gegen die Wand schlug. Sonja stand im Zimmer, die Haare vom Laufen zerflattert, mit blitzenden Augen.

»Ich habe schon den Wagen vor der Tür gesehen; was willst du hier?« fuhr sie Mischa an. Mit einem Blick auf den Tisch, wo die Blumen lagen, fuhr sie fort: »Und Rosen hat der Herr auch noch mitgebracht, was soll das? Sind die von Düsseldorf übriggeblieben? Wann ist die Hochzeit, wie? Soll ich euch vielleicht Blümchen streuen?« Sie stampfte wütend mit den Füßen auf. »Hau ab! Mach, daß du rauskommst! Ich will dich nie mehr wiedersehen!«

Mischa war aufgesprungen. »Sonja ...« stammelte er. »Hör mich an!«

»Geh!« Ihre Stimme wurde schrill. »Papa, wirf ihn hinaus! Wirf ihn hinaus ...«

Aber sie wartete nicht ab, ob Bruckmann etwas tat, sondern wirbelte herum und rannte hinauf in ihr Zimmer. Deutlich hörte man, wie sie abschloß. Dann war lähmende Stille im Haus.

»Da haben Sie es!« sagte Irene endlich. »Es ist vielleicht wirklich besser, wenn Sie jetzt gehen.«

»Aber das ist doch ein Irrtum ...« Mischa kam sich vor wie aus dem Wasser gezogen. »Ich versteh' das nicht. Was meinte sie mit Düsseldorf? Ich war in Düsseldorf, stimmt, ja ... aber doch nur, um über eine Stahllieferung zu verhandeln ...«

»Es ist keineswegs erforderlich, daß Sie uns Ihre geschäftlichen Transaktionen erläutern«, meinte Irene Bruckmann. »Sie haben ja gehört, daß auch meine Tochter auf Erklärungen verzichtet.«

»Es ist mir unbegreiflich«, sagte Mischa leise. Er stand da wie ein Häufchen Unglück. »Wir lieben uns. Ich möchte Sonja heiraten...«

»Ist das nicht ein bißchen voreilig?« warf Bruckmann ein. »Die Situation scheint mir noch völlig ungeklärt. Außerdem: Meine Tochter ist erst achtzehn. Sie hat noch viel Zeit bis zu einer Eheschließung – abgesehen davon, daß man eine solche Entscheidung nicht einseitig treffen kann.«

»Sehr richtig!« pflichtete Irene ihrem Mann bei. »Sonja denkt noch gar nicht daran, eine Ehe einzugehen. Schlagen Sie sich diese Illusion aus dem Kopf.«

Bruckmann war ebenfalls aufgestanden und klopfte jetzt Mischa auf die Schulter. »Überdenken Sie das Ganze noch einmal. Kommen Sie, ich begleite Sie hinaus.«

Mischa verbeugte sich vor Irene und verließ das Zimmer. Bruckmann ging mit ihm bis zur Haustür und meinte freundlich:

»Machen Sie sich nicht allzu viel aus der Aufregung. Es war wohl heute der falsche Tag für so etwas.«

»Ihre Frau scheint mich nicht zu mögen.«

»Das täuscht. Mütter verteidigen ihre Töchter gegen alle jungen Männer. So ist es nun mal. Was glauben Sie, welche Mauern ich seinerzeit einreißen mußte, ehe ich heiraten konnte? Jedenfalls verspreche ich Ihnen: Ich werde mit Sonja einmal reden.«

»Und wann kann *ich* mit ihr sprechen?«

»Das müssen Sie mit ihr allein aushandeln, da kann ich Ihnen nicht helfen.«

»Wird schwer werden«, sagte Mischa und dachte daran, wie er Sonja in den Wald ›entführt‹ hatte. Aber ein zweites Mal würde ihm so etwas nicht gelingen, das wußte er.

In der weißen Villa auf dem Felsen bei Cannes fand so etwas wie eine Party statt. Die meisten ›Gäste‹ waren zur Berichterstattung herbeizitierte Gangster, Mitglieder der Organisation. Darüber hinaus hatte man auch eine Anzahl wichtiger Leute geladen, deren Hilfe und Unterstützung man brauchte oder zu erringen hoffte. Die Herren kamen im weißen Smoking, die Damen im Abendkleid. Unten in den geparkten Wagen saßen die Chauffeure und vertrieben sich die Zeit mit Kartenspiel. Eine verteufelt vornehme Gesellschaft.

Im kleinen Privathafen von Roger Corbet schaukelten drei Jachten. Mit ihnen waren nordafrikanische Freunde und Geschäftspartner gekommen.

Bei Kommissar Bouchard hatte es Alarm gegeben. Ihn erreichte eine Information, bei Corbet würden sich nahezu sämtliche Ganoven von Genua bis Bordeaux versammeln – neben einigen wichtigen Persönlichkeiten des öffentlichen Lebens, darunter zwei Minister aus Rom, der Präsident der südfranzösischen Bank, der Polizeipräfekt und der Bürgermeister von Cannes.

»Was tun?« fragten Bouchards Kollegen.

»Maul halten und Augen schließen«, antwortete Bouchard sarkastisch. So ist es immer, dachte er bitter. Die ganz großen Gangster sind gesellschaftsfähig. Aber das Fest ließ ihm keine Ruhe. Er zog sich um, warf sich in einen weißen Smoking – den hatte er bei ähnlichen Anlässen hin und wieder gebraucht – und fuhr hinaus zu den Klippen.

Dort parkte er neben den Luxuslimousinen, läutete nach dem Fahrstuhl, der die Gäste hinauf in die Villa transportierte, und lachte über das dumme Gesicht des Dieners Harun, eines Algeriers, als er ihm im Personenaufzug gegenüberstand.

»Da staunst du, was?« sagte Bouchard und lehnte sich an die Wand des Fahrstuhls. »Wie viele Jahre Zuchthaus sind oben versammelt?«

»Monsieur!« Harun war trotz seiner braunen Haut bleich geworden. »Sind Sie eingeladen?«

»Aber ja!«

»Ihre Karte, bitte.«

»Hier!« Bouchard hielt ihm seinen Polizeiausweis unter die Nase. »Genügt das?«

»Ich weiß nicht, Monsieur.«

»Aber ich weiß es. Hinauf ins Paradies, Harun!«

Um diese Zeit hatten sich in einem streng bewachten und mit Alarmanlagen gesicherten Nebenraum der weiträumigen Villa einige wenige ausgesuchte Herren zusammengefunden. Die anderen Gäste der ›Party‹ vermißten sie nicht, denn es waren so viele Bekannte anwesend, daß man mit Begrüßungen, Unterhaltungen und dem Austausch der meist recht abenteuerlichen Erinnerungen vollauf beschäftigt war. Indessen rauchten die vornehmen Herren in dem roten Salon, machten ernste Gesichter und warteten. Gastgeber Roger Corbet sah nervös an die Decke, wo in der Täfelung ein Lautsprecher eingelassen war. Endlich knackte es dort, die Herren hoben wie auf Kommando die Köpfe und machten den Eindruck, als säßen sie plötzlich stramm.

»Alles da?« ertönte eine Stimme aus dem Lautsprecher.

Es war Mr. Zero, der oberste Boß. Der geheimnisvolle Unbekannte.

Roger Corbet nickte. »Ja. Chef. Alle. Auch die Freunde aus Afrika.«

»Gut. Kommen wir gleich zur Sache. Aus Hongkong wird ein Frachter erwartet. Er ankert übermorgen nacht Punkt vier Uhr neunzig Kilometer südlich Mallorca. Genaue Angaben erhalten Sie von Corbet. Das Schiff hat Rohseide geladen – offiziell. In der Mitte jedes Ballen sind unsere Kapseln versteckt. Sektion III übernimmt hundert Kilo.«

»Verstanden, Chef«, sagte einer der Anwesenden.

»Sektion I übernimmt zweihundert Kilo.«

»Geht in Ordnung, Chef.«

»Sektion V übernimmt einhundertfünfzig Kilo. Wie ist die Strecke nach London?«

»Frei, Chef.«

»Sektion bekommt einhundert Kilo reinen Morphiums. Was machen die italienischen Kontaktmänner?«

»In Warteposition, Chef. Aber sie werden immer teurer. Außerdem müssen sie woanders anladen; der Polizeihauptmann von Villanuove ist versetzt worden.«

»Und der neue?«

»Unbestechlich, Chef.«

»Familie?«

»Eine Frau und zwei Kinder.«

»Fahren Sie eines der Kinder mal spazieren, das wird ihn überzeugen.« Die Stimme Mr. Zeros war kalt, mitleidlos, wie in Metall gepreßt. »Wie steht es eigentlich mit dem Foto, das aus Hamburg besorgt werden sollte. Ist der Beauftragte schon zurück?«

»Das Bild konnte bisher nicht beschafft werden«, antwortete Corbet. Schweiß trat auf seine Stirn. »Die Sache scheint schwieriger zu sein, als wir annahmen.«

»Ach was!« rief Mr. Zero. »Das ist nichts als Unfähigkeit. Nach meinen Informationen sucht die Polizei bereits nach dem Mädchen mit dem Foto. Das ist eine gefährliche Situation für unsere gesamte Organisation. Das Mädchen muß auf dem schnellsten Weg verschwinden, bevor die Polizei die richtige Spur hat. Vorerst noch nicht liquidieren. Lassen Sie diese Deutsche am besten erst mal nach Cannes bringen, dann sehen wir weiter. Und vor allem muß auch das Bildnegativ unbedingt aufgetrieben werden – koste es, was es wolle! Ist das klar?«

»Vollkommen, Chef. Wird erledigt.«

»Es geht auch um Ihren Kopf, Corbet«, drohte Mr. Zero unbarmherzig. »Bisher habe ich mich immer auf Sie verlassen können, aber nun scheinen Sie zu versagen, und Versager können wir uns nicht leisten. Doch jetzt weiter. Am Fünfundzwanzigsten kommt ein zweites Schiff und wird in der Nähe von

Rhodos ankern. Es muß umgeladen werden. Die genaue...«

In diesem Augenblick läutete das Telefon. Corbet hob ab, hörte und legte schnell wieder auf.

»Was ist?« fragte die Stimme Mr. Zeros.

»Kommissar Bouchard ist soeben eingetroffen. Im weißen Smoking...«

Es war, als lache Mr. Zero in sich hinein. »Wir unterbrechen«, ordnete er an. »Kümmern Sie sich sorgfältig um unseren neuen Gast. Er hat es verdient.«

Ehe noch jemand überlegen konnte, wie es gemeint war, klickte es im Lautsprecher. Mr. Zero war weg.

Es war schon Mitternacht vorbei, als Kommissar Bouchard das weiße Haus von Roger Corbet wieder verließ. Er hatte mit vielen Bekannten gesprochen, einflußreichen Männern und Frauen der französischen Riviera, Künstlern und Politikern, Industriellen und Managern. Er hatte gewußt, daß er in diesem illustren Kreis den Riesenfisch, nach dem er angelte – den unbekannten entscheidenden Hintermann dieser Verbrecherbande –, nicht ohne weiteres entdecken würde; aber er hatte ebenso sicher gewußt, daß dieser rücksichtslose Gangsterboß zwischen all diesen Leuten herumlief und sich möglicherweise sogar mit ihm unterhalten hatte. Immerhin konnte er interessante Beobachtungen machen und manchen aufschlußreichen Gesprächsfetzen auffangen.

Er ließ sich von Roger Corbet zum Fahrstuhl begleiten.

»Na, Herr Kommissar«, meinte der aalglatte Gastgeber, »sind Sie auf Ihre Kosten gekommen?« Sein dicker Spott war nicht zu überhören.

Bouchard nickte freundlich. »Aber ja, Corbet! Sie haben einen herrlichen Wein. Schon seinetwegen bin ich gern bereit, Sie immer wieder zu besuchen.«

»Tun Sie das, Herr Kommissar. Sie sind jederzeit bei mir willkommen, das wissen Sie doch.«

Nachdenklich sah er kurz darauf dem versinkenden Fahrstuhl nach. Der größte Fehler wäre es, überlegte er mit ziemlicher Sorge, diesen Bouchard für einen Trottel zu halten. Das war nur geschickte Maske. In Wirklichkeit war der Kerl ein raffinierter Spürhund.

Wie recht Corbet hatte! Noch in derselben Nacht rief Bouchard die Zentrale in Marseille an. »Ich brauche dringend einen Durchsuchungsbefehl für die Jacht ›Afrika II‹ eines Monsieur Roger Corbet«, sagte er. »Ja, ich weiß, den könnte mir mein Präfekt geben, aber der tanzt gerade nach der neuesten Rockmusik... Nein, ich bin nicht besoffen. Es geht um Rauschgift, Mann! Werfen Sie den Direktor aus dem Bett, treiben Sie einen Richter auf und geben Sie mir den Befehl per Fernschreiber durch! Ich warte...«

Bouchard wartete die ganze Nacht. Erst gegen Morgen, um fünf Uhr, tickte der Fernschreiber.

Es war zu spät. Als Bouchard an den Hafen kam, war Corbets Jacht ›Afrika II‹ schon ausgelaufen.

Zwanzig Minuten später verließ das schnelle Polizeiboot den Hafen und rauschte durch das in der Morgensonne golden schimmernde Meer. Bouchard stand neben dem Kommandanten und suchte mit einem Fernglas den Horizont ab.

»Die Aktion läuft schief«, sagte er dumpf. »Offenbar hat Corbet Wind davon bekommen. Aber wo will er hin? Bin gespannt, wo wir ihn finden.«

Noch ahnte der Kommissar nicht, daß ihm eine Überraschung bevorstand, die er mit all seiner Fantasie niemals vorausgesehen hätte...

In der Villa des Hamburger Fabrikanten Heideck, draußen an der Unterelbe, wo in den großen Parks Häuser stehen, die schon mehr Schlössern gleichen, gab es einen großen Krach zwischen Heideck und seinem Sohn Mischa.

Entgegen der alten Tradition, auch harte Auseinandersetzungen in vornehmer Stille zu zelebrieren, nahm Mischa diesmal keine Rücksicht. Er schrie!

»Nein! Verdammt noch mal, nein! Das kommt für mich nicht in Frage. Auf keinen Fall. Ich weigere mich!«

Der alte Heideck, ein würdiger, weißhaariger, schlanker Herr, der jeden Morgen mit seinem Rappen eine Stunde ausritt, bevor er frühstückte, sah seinen wütenden Sohn nachsichtig und gütig an; etwa so, wie man einen jungen, tolpatschigen Hund betrachtet.

»Ich weiß gar nicht, warum du dich erregst«, sagte er ruhig. »Ellen Sandor ist doch ein liebes und hübsches Mädchen. Du kannst von Glück reden, daß sie...«

»Das zu beurteilen überlasse bitte mir, Vater!« Mischa hatte einen hochroten Kopf. Er war vor einer Viertelstunde vom Tennis gekommen. Im Clubhaus des Tennisvereins hatte man ihm zu seinem Erstaunen gratuliert: Von Ellen war die Information verbreitet worden, Mischa und sie würden sich in den nächsten Tagen verloben, und bald werde es eine feierliche Hochzeit geben. Zunächst hatte Mischa versucht, Ellen Sandor aufzustöbern, um sie wegen dieser Falschmeldung zur Rede zu stellen. Da er sie nicht fand, raste er nach Hause und berichtete seinem alten Herrn von der Frechheit. Doch was geschah? Sein Vater nickte nur. »Wieso Frechheit?« meinte er. »Es stimmt doch! Ich habe mit Herrn Sandor alles besprochen. Wart ihr euch denn nicht schon längst einig? Deine Reaktion verstehe ich nicht.«

»Und ich habe keine Ahnung, was hier gespielt wird«, rief Mischa. »Ich will es auch gar nicht wissen. Eines ist jedenfalls sicher: Ich heirate Ellen nie. Niemals!«

»Und warum nicht?«

»Ich liebe eine andere: Sonja Bruckmann.«

Der alte Heideck sah nachdenklich über den gepflegten englischen Rasen, der hinunter bis zur Elbe ging. Auf dem Fluß zogen vier Frachtschiffe träge in Richtung Hamburg.

»Ellen ist eine gute Partie. Die einzige Tochter einer Familie, deren Gesamtvermögen auf hundertzwanzig Millionen geschätzt wird.«

»Vater, was soll das?« fragte Mischa. »Willst du,

daß ich aus finanziellen Gründen heirate? Selbst wenn Ellen Sandor in Brillanten gebadet würde – ich verzichte nicht auf das Mädchen, das ich liebe!«

Der alte Heideck drehte seinem Sohn den Rücken zu. Es fiel ihm schwer, daß er etwas sagen mußte, das wie eine Beichte klang: »Ich verstehe dich durchaus. Aber das Verständnis nutzt uns diesmal nichts. Deine Ehe mit Ellen Sandor wäre die einzige Möglichkeit, uns zu retten. Wir sind sonst pleite, mein Sohn...«

Es war Mischa, als verliere in diesem Augenblick die Sonne allen Glanz. Es dauerte eine lange Zeit, ehe er die Sprache wiederfand.

»Wie... wie ist das denn möglich?« Seine Stimme war belegt. »Unsere Firma, die seit zweihundert Jahren...«

»Vor zweihundert Jahren gab es noch ehrliche Kaufleute. Heute stehen Boxer und Ringkämpfer an der Spitze der Firmen. Management nennt man das vornehm. Du weißt, daß ich nie zu denen gehörte, die ihr sogenanntes Recht mit Fäusten und mit den Ellenbogen durchsetzen.«

»Aber die Fabrik läuft doch! Wir haben Aufträge. Ich war doch gerade erst zu Verhandlungen in Düsseldorf. Wir exportieren über fünfzig Prozent unserer Produktion.«

»Stimmt, mein Junge. Stimmt alles.« Heideck drehte sich um. Er schien in diesen Minuten zusammengeschrumpft zu sein. Hatte er jemals so viele Falten im Gesicht, dachte Mischa erschrocken. Das ist mir nie aufgefallen. »Aber alle Exportverträge sehen langfristige Zahlungen vor. Die sogenannte Auftragsdecke ist da trotz der ansonsten angespannten Situation auf unserem Produktionssektor – indessen kommen die Zahlungen nicht herein. Sinkende Ölpreise zwingen viele unserer Schuldner, die Verlängerung der Zahlungsfrist zu verlangen. Die Banken sind bis an die Grenze des Kreditrisikos gegangen. Wir kaufen auch auf langfristige Wechsel, doch sie sind immer noch kürzer als die Exportzahlungen. Kurz und gut: Wir stehen mit sechs Millionen in den roten Zahlen, und davon sind vier Millionen allein bei den Rheinischen Stahlwerken, also bei Sandor. Wenn er will, kann er uns den Hahn zudrehen, und er wird es tun, wenn seine Tochter ihn darum bittet. Sandor tut alles, was sein Augapfel Ellen will. Deshalb...«, der alte Heideck hob hilflos beide Arme, »...deshalb solltest du Ellen heiraten. Du bist der einzige Erbe unserer Firma.«

Mischa schüttelte den Kopf. »Es geht nicht. Ich kann mit Ellen nicht leben. Sie ist launisch, flatterhaft, exzentrisch und nicht treu.«

»Das ändert sich in der Ehe, du wirst sehen. Man sagt der jungen Generation doch nach, sie sei pragmatisch, ohne Illusionen und lasse sich nur vom Verstand leiten. Du gehörst dazu. Bitte... jetzt beweise deinen Verstand!«

»Nein, Vater! Ich liebe Sonja. Ich verkaufe mich nicht, auch nicht für hundertzwanzig Millionen. Und die junge Generation, die versteht ihr Alten wirklich nicht. Gewiß, wir benehmen uns so, als würden wir den Verstand vor uns hertragen wie eine

Fahne – aber hier drinnen...«, er schlug mit den Fäusten gegen seine Brust, »...im tiefsten Herzen, da sind wir noch genauso romantisch und dem Gefühl verhaftet wie unsere Vorfahren. Wir zeigen es bloß nicht, wir verstecken es. Wenn wir ein Mädchen lieben, dann blühen die Blumen ebenso bunt, wie ihr sie seht, und die Vögel singen fröhlich, und der Himmel ist besonders blau. Das lasse ich mir nicht zerstören.«

Er sah seinen Vater an, sah dessen Qual. Es zerriß ihm fast das Herz. Aber seine Liebe zu Sonja war gerade in diesen Minuten so mächtig geworden, daß es nichts Stärkeres gab. Die Angst, sie vielleicht für immer zu verlieren, überdeckte alles andere.

»Es tut mir ehrlich leid für dich... und überhaupt... aber es bleibt dabei: Ich heirate Sonja!«

»Das ist dein letztes Wort?«

»Ja.«

»Dann sage es Ellen Sandor selbst.«

»Das werde ich tun. Wo ist sie?«

»In ihrem Apartment.«

»Ich gehe hin. Und was die Firma betrifft: sie wird weiterbestehen. Daran zweifle ich keine Sekunde.«

»Dann glaubst du an Wunder, mein Sohn.«

Mischa schwieg. Noch einmal sah er seinen Vater an, als wollte er ihn um Verzeihung bitten; dann drehte er sich schnell um und lief hinaus.

Was zwischen Ellen Sandor und Michael Heideck geschah, was sie sprachen und vereinbarten, das hat nie jemand erfahren. Mischa blieb jedenfalls bis Mittag in Ellens Apartment, und als er herauskam und in seinen Sportwagen sprang, hatte sein Gesicht einen fast gelösten Ausdruck.

Ellen Sandor dagegen lag oben mit verweinten Augen auf ihrem Bett und rief ihren Vater in Düsseldorf an.

»Paps...« begann sie und versuchte ihrer Stimme einen festen Klang zu geben, »du hattest mir doch mal vorgeschlagen, eine Reise nach Afrika zu machen. Eine Fotosafari. Ich hätte jetzt Lust dazu. Ja... ich freue mich... Ich habe nun auch endlich mal Zeit. Ja, das wäre schön, wenn du alles gleich organisieren lassen könntest... prima... also dann Küßchen, Paps!«

Langsam legte sie den Hörer auf die Gabel zurück, drehte sich auf die Seite, drückte die Fäuste gegen den Mund und weinte weiter.

Im Antiquitätengeschäft Thomas Bruckmann sah Sonja, wie Mischas Wagen vor dem Fenster hielt. Es kam so plötzlich und unerwartet, daß sie in Panik geriet, nach hinten ins Lager flüchtete und sich dort einschloß. Auch ihr Vater bemerkte den Besucher sofort, als er den Laden betrat, ließ den Kunden, der Münzen kaufen wollte und den er beraten hatte, stehen und ging Mischa entgegen wie ein Gladiator, der sich einem heranstürmenden Löwen stellen will.

»Was ist los, Mischa?« fragte er. »Ich weiß nicht, ob es gut ist, daß Sie so einfach hier hereinplatzen. Wir haben eine Nacht hinter uns, kann ich Ihnen sagen! Meine Frau bekommt Hitzewellen, wenn Sie nur Ihren Namen hört. Und was Sonja angeht – na ja, Sie haben ja gesehen, wie sie weggelaufen ist. Alle meine Versuche, mit ihr vernünftig zu diskutieren, waren vergeblich. Sie spielt zur Zeit verrückt und ist nicht ansprechbar. Und wenn Sie von Ihnen redet... also, Schuft ist noch die sanfteste Bezeichnung, die sie für Sie findet. Sie ist völlig durcheinander. Ich habe ja gar nicht gewußt, daß meine Tochter sich derart heftig in Sie verliebt hat. Da kommt bestimmt noch allerlei auf uns zu.«

»Ich möchte Sonja sofort sprechen.«

»Sie sagen das, als ob es so selbstverständlich wäre. Es wird nicht gehen.«

»Ich *muß* Sonja sprechen.«

»Lieber Mischa, wollen Sie mit dem Kopf durch die Wand?«

»In diesem Falle ja!«

Thomas Bruckmann seufzte; Vater einer erwachsenen und soeben volljährig gewordenen Tochter zu sein, ist schon ein schweres Los. »Dann versuchen Sie es.«

»Wo ist sie jetzt?«

»Ich nehme an, hinten im Lager. Aber wenn sie sich eingeschlossen hat, tun Sie mir den Gefallen und brechen Sie nicht die Tür auf.«

Bruckmann ging zu dem Kunden zurück, der mit einer Lupe Münze für Münze betrachtete und jedes Stück mit den Abbildungen in einem dicken Katalog verglich. Münzsammler sind wie Angler, sie haben eine unendliche Geduld.

»Dieses Stück hier«, sagte er schließlich, »römisch,

rund fünfundvierzig vor Christi... ein sehr schönes Stück.«

Bruckmann nickte abwesend. Er war in Gedanken bei Sonja. Wie muß sich ein Vater benehmen, dachte er, wenn seine Tochter ihren ersten großen Liebeskonflikt hat? War es richtig, Mischa zu ihr zu schikken? Hätte ich nicht vorher selbst einmal mit ihr reden sollen?... Nein, das müssen die beiden selber ausbaden; da hat es keinen Zweck, sich einzumischen. Verstandesmäßige Argumente kommen in solchen Fällen nicht an. Ich kann nichts weiter machen, als beide Daumen zu drücken.

Unterdessen stand Mischa vor der verschlossenen Lagertür und klopfte, schlug mit der Faust dagegen.

»Mach auf, Sonja!« rief er. »Hör mich doch an! Ich habe nichts verbrochen.«

»Lügner!« kam von innen die Antwort. »Was willst du hier? Geh zu deiner Ellen!«

»Von der komme ich gerade.«

»Ah!« Es war wie ein Aufschrei. »Und nun klappert der Pascha seinen Harem ab!«

»Red keinen Quatsch!« schrie Mischa zurück. »Du benimmst dich wie eine dumme Gans.«

Der Schlüssel knirschte im Schloß. Die Lagertür sprang auf. Sonja stand dahinter, die langen blonden Haare zerwühlt, mit gerötetem Gesicht und wütenden Augen. Sie sah herrlich aus in ihrem Zorn. Für einen Augenblick hielt Mischa den Atem an; es war ein Moment der Hochspannung – so, wie einem das Herz stockt, wenn man plötzlich einem Tiger gegenübersteht.

»Du bist das ekelhafteste Wesen, das es auf der Welt gibt«, sagte sie. »Genügt dir das?«

»Vollkommen. Meine Antwort: Ich liebe dich.«

»Jetzt müßte ich dir eine runterhauen!«

»Bitte, bediene dich!« Mischa streckte den Kopf vor. Sonja wurde unsicher und trat einen Schritt zurück. Das war ein großer Fehler, denn Mischa erkannte die günstige Situation, sprang vor, trat hinter sich die Tür zu, schloß sie blitzschnell ab und ließ den Schlüssel in seine Tasche gleiten.

Sonja hob die geballten Fäuste. Ihre Augen sprühten Funken.

»Mach auf!« schrie sie. »Mach sofort auf!«

»Ich denke nicht daran.«

»Ich rufe um Hilfe!«

»Bitte, tu dir keinen Zwang an.«

»Einer unserer Angestellten ist Amateurboxer.«

»Und ich bin in Judo ausgebildet. Das gibt eine schöne Schlacht.« Mischa zog sich einen alten wackligen Stuhl heran, der aus dem 17. Jahrhundert stammte und noch restauriert werden sollte, und setzte sich darauf. Sonja wich zu einem Bauernschrank aus Tirol zurück. »Ich schlage vor, daß du mich jetzt endlich einmal anhörst«, sagte er. »Anschließend kannst du frei entscheiden, was du tun willst.«

»Ich habe mich bereits entschieden. Deshalb ist jedes weitere Herumreden zwecklos.«

»Was glaubst du wohl, weshalb ich mit einem Blumenstrauß bei deinen Eltern war?«

»Weil du ein Schuft bist und mich irreführen wolltest. Als ob das was nützen würde, sich bei meinen Eltern einzuschleichen! Irre ist das. Du hättest die Blumen besser zu deiner Ellen schleppen sollen.«

»Das hätte doch keinerlei Sinn ergeben – es sei denn, ich wollte ihr einen Abschiedsstrauß verehren. Zwischen Ellen und mir ist es nämlich aus.«

Sonja lachte höhnisch auf. »Eine ganz primitive Zweckbehauptung. Und selbst, wenn das für heute stimmt – morgen vertragt ihr euch schon wieder.«

Mischa stand auf und ging an Sonja vorbei zum Fenster. Es war vergittert und führte auf einen engen Hof. Einige Kinder spielten an den Mülltonnen. Dann drehte er sich um und sah Sonja an.

»Heute morgen hatte ich eine sehr ernste Aussprache mit meinem Vater. Er hat mir eine erschreckende Mitteilung gemacht. Wir stehen bei Sandor, dem Vater von Ellen, mit vier Millionen in der Kreide. Wenn Sandor diese Summe kurzfristig fordert, ist unsere alte Firma pleite. Die Ehe mit Ellen wäre die einzige Rettung. Daher schlug mir mein Vater noch einmal eindringlich vor, Ellen Sandor zu heiraten.«

Sonja fröstelte es plötzlich. Sie spürte einen eiskalten Hauch. Vier Millionen, dachte sie. Pleite. Dann bleibt ihm ja nichts anderes übrig, als bei Ellen zu bleiben. Dann ist er für mich endgültig verloren...

»Ich habe abgelehnt«, fuhr Mischa fort. »Meinem Vater habe ich es ganz klar gesagt, und anschließend auch Ellen. Es bleibt nichts mehr zu klären. Wir werden uns nicht wiedersehen.«

»Ja, aber...« stotterte Sonja, »...was wird dann mit eurer Fabrik...?«

Mischa zuckte die Schultern. »Wir müssen es abwarten.«

»Warum hast du das getan, Mischa?« Sonjas Stimme war ganz klein.

»Warum, warum, warum... Mein Gott, wieso fragst du das denn noch? Sieh doch endlich mal der Wirklichkeit in die Augen. Vielleicht ist alles falsch, was ich mache, aber ich kann eben ohne dich nicht mehr sein. Ich liebe dich!«

Sonja sagte kein Wort mehr. Sie hatte Tränen in den Augen. Und dann lief sie auf Mischa zu, und beide fielen sich in die Arme und küßten sich.

Als sie später aus dem Lager wieder ins Geschäft kamen, Arm in Arm und mit glücklichen Augen, hatte Thomas Bruckmann gerade fünf alte Münzen verkauft. Er räumte die Münzkästen zurück in den Schrank und dachte bei sich: Was sind wir Väter doch für Trottel!

Am Abend saßen die Verliebten in Sonjas Zimmer und ordneten Fotonegative. Sonja bewahrte sie in einem Behälter auf, der als Buch getarnt war und meist zwischen ihren richtigen Büchern im Regal stand. Deshalb hatte der Italiener Bombani bei seiner Suche nach dem bewußten Gangsterfoto aus St. Tropez nichts gefunden. Nun wollte sich Sonja an einer Ausstellung des Amateurfotografenclubs beteiligen, die demnächst stattfand.

»Diese vier werde ich vergrößern«, sagte Mischa und hielt die ausgesuchten Negative noch mal einzeln gegen den Lichtstrahl einer starken Lampe. »Ich glaube bestimmt, daß du damit Erfolg hast, Liebling.

Die Bilder haben Atmosphäre. Sie müßten groß sein wie ein Gemälde, dann würden sie am besten wirken. Mal sehen, wie ich das hinkriege.«

Sonja nickte bloß. Sie sah nicht ihre Fotos an, sie sah Mischa an. Keiner weiß, wie mir ums Herz ist, dachte sie. Schreien könnte ich vor Glück.

Mischa steckte die Negative in einen einfachen Umschlag und schob ihn in die Tasche.

Das Gangsterbild vom Urlaub in St. Tropez war auch darunter.

Keiner von beiden ahnte, daß dieses Negativ Leben und Tod bedeutete. Fröhlich nahm es Mischa Heideck mit in sein kleines fotografisches Privatlabor.

Das schnelle Polizeiboot mit Kommissar Bouchard an Bord fuhr etwa eine Stunde lang mit voller Kraft in Richtung Mallorca, als der II. Offizier einen Punkt auf den Wellen tanzen sah, dem sich bald ein zweiter Punkt hinzugesellte.

»Wenn mich nicht alles täuscht, schwimmen dort Boote«, sagte er und wies dem Kommissar die Richtung. »Rettungsboote! Das ist merkwürdig. Haben Sie irgendwelche Funksprüche aufgefangen, Charles? Hilferufe?«

Der Funker schüttelte den Kopf. »Nichts, Herr Oberleutnant. Der Funkverkehr ist völlig normal.«

»Es sind tatsächlich Rettungsboote!« Bouchard schaute durch sein starkes Fernglas. »Zwei Stück. Und weit und breit kein Schiff zu sehen.«

Der Kommandant des Polizeikreuzers ließ die Kursänderung durchgeben. In rasender Fahrt näherte sich das schlanke, schnittige Schiff den beiden einsamen Booten, die träge auf den blauen Wellen schaukelten. Die Männer, die darin saßen, schienen guter Dinge zu sein; als sie das rettende Schiff bemerkten, winkten sie mit den Händen und mit Tüchern.

Bouchard lehnte an der Kommandobrücke und entzifferte mühsam die Buchstaben, die auf die Boote gemalt waren. Dann fluchte er so laut und mit so gemeinen Worten, daß der Kommandant zusammenzuckte.

»Was haben Sie, Kommissar?« fragte er verblüfft.

»Sehen Sie sich die Boote an!« rief Bouchard. »Die Schiffbrüchigen gehören zur ›Afrika II‹!«

»Zu der Jacht, die wir suchen?«

»Genauso ist es.«

»Merkwürdig«, staunte der Kommandant.

»Merkwürdig nennen Sie das? Eine Frechheit ist es! Eine Unverschämtheit von Corbet!« Bouchard umklammerte die Reling, als die Rettungsboote längsseits kamen und die Matrosen der ›Afrika II‹ lustige Begrüßungsworte herüberriefen. »Ich werde die Kerle ausquetschen wie Zitronen«, knirschte er. »Diesmal entwischt mir der Gangster nicht!«

Aber das blieb nur ein frommer Wunsch, denn trotz mehrfacher Verhöre, trotz ständiger Androhung strengster Strafen, glichen sich die Aussagen der Schiffbrüchigen wie ein Ei dem anderen: Die ›Afrika II‹, das stolze neue Schiff des reichen Roger

Corbet, hatte während der Fahrt nach Mallorca plötzlich ein Leck am Kiel, und das Wasser strömte so schnell ein, daß die Schotten nicht mehr rechtzeitig geschlossen werden konnten.

»Wir sanken innerhalb von zehn Minuten«, erklärte der Kapitän der ›Afrika II‹, ein Grieche mit dem klangvollen Namen Kaganopoulos. »Es war kaum noch Zeit, die Boote zu wassern.«

»So ein Leck kommt ja von ganz allein, nicht wahr?!« brüllte Bouchard außer sich. »Mitten auf hoher See. Bumm, ist es da! Ohne Klippe, ohne Eisberg. Oder gab es vielleicht einen Zusammenstoß mit einem Unterseeboot, wie? Kann sein, daß die Sowjets ein Spionageboot unter der Oberfläche des Mittelmeers hin- und herfahren lassen und euch absichtlich gerammt haben.« Der Kommissar schnaubte durch die Nase wie ein Walroß. »Gauner seid ihr! Gauner, die ersäuft werden sollten. Aber mich täuscht ihr nicht. Ich lasse das Schiff heben und das Leck genau untersuchen. Wenn meine Vermutung stimmt und euch nachgewiesen wird, daß ihr euch selbst versenkt habt, dann Gnade euch Gott! Dann ist euch das Zuchthaus in Marseille sicher. Also zum letztenmal: Ich gebe euch Zeit zum Überlegen. Zehn Minuten. Noch könnt ihr euren Kopf aus der Schlinge ziehen...«

Doch auch nach zehn Minuten wußte keiner etwas anderes zu berichten. Das Leck war auf einmal da, man wußte nicht warum, die Jacht sank wie ein Stein – und mit ihr die vielen Geheimnisse, die Bouchard zu entdecken gehofft hatte.

»Gut, ich lasse die ›Afrika II‹ heben«, sagte Bouchard erschöpft und wischte sich mit seinem Taschentuch den Schweiß von der Stirn.

»Mein schönes Schiff!« rief Kapitän Kaganopoulos pathetisch aus. »Es wird platt sein wie eine Postkarte. An dieser Stelle ist das Meer über tausend Meter tief; nie mehr wird es irgend jemand sehen können...«

Bouchard ließ ihn unter Deck bringen. Es hatte keinen Zweck, die Gauner hatten gesiegt. Die Jacht war für immer verloren, alle Spuren waren verwischt.

»Welche Vorschläge haben Sie, Kommissar?« fragte der Kommandant des Polizeikreuzers. »Sollen wir die Gegend absuchen, in der die ›Afrika II‹ gesunken ist?«

»Um Ölflecke zu sammeln? Wozu soll das gut sein? Nein! Zurück nach Cannes!« Er sah den Polizeioffizier aus traurigen Augen an. »Wissen Sie, wie mir jetzt zumute ist?«

»Ich kann es mir denken, Kommissar.«

»Noch schlimmer!« Bouchard winkte niedergeschlagen ab. »Vielleicht bin ich wirklich pensionsreif und ein alter Esel. Aber eines läßt mir keine Ruhe: Der Gangster Corbet muß einen Mann im Polizeipräsidium haben. Woher hätte er sonst wissen können, daß ich einen Durchsuchungsbefehl für seine Jacht bekommen habe? Die ganze Aktion wurde verraten, da bin ich sicher – und das ist eine Katastrophe. Ich kann zu keinem meiner Leute mehr Vertrauen haben. Eine verdammte Sauerei!«

In schneller Fahrt näherten sie sich wieder der

französischen Küste. Unter Deck sangen die Matrosen der ›Afrika II‹ fröhliche Seemannslieder.

Kurz nachdem Kommissar Bouchard sein Büro erreicht hatte, klingelte das Telefon. Corbet war am Apparat.

»Sie Pechvogel!« sagte der Kommissar.

»Ach, Sie wissen es schon? Anderthalb Millionen auf dem Meeresgrund!« Corbet hüstelte. »Und so plötzlich.«

»Das ist wohl wahr.« Der Kriminalbeamte lächelte böse; wenn Corbet das hätte sehen können! »Woher wissen *Sie* es eigentlich? Ihre Mannschaft habe ich doch zum Trocknen hier.«

»Der letzte Funkspruch... Es war ein ziemlicher Schock für mich.«

»Ach ja, der Funkspruch. So, so. Wie dumm von mir!« Einen letzten Funkspruch hatte es überhaupt nicht gegeben; das war von dem Funker des Polizeikreuzers deutlich festgestellt worden. Ich habe Corbet bei einer Lüge ertappt, dachte der Kommissar; er wußte bereits von dem ›Unglück‹, lange bevor die Jacht gesunken war. »Werden Sie ein neues Schiff kaufen?«

»Ich weiß es noch nicht.«

»Ich würde es Ihnen empfehlen. Es ist verdammt anstrengend, mit seinem Sack auf dem Rücken quer durch das Mittelmeer nach Tanger zu schwimmen.«

Ohne Corbets Antwort abzuwarten, legte der Kommissar auf. Auch Nadelstiche tun weh, dachte er; und viele kleine Stiche hintereinander können die besten Nerven mürbe machen.

In Hamburg bekam Sonja kurz vor Geschäftsschluß einen Anruf. Es war die Sekretärin von Mischa. Sie richtete aus, Herr Heideck erwarte Fräulein Bruckmann Punkt 20 Uhr am Hafenbecken 9. Am Lagerhaus der Fruit-Company. Dort gäbe es eine Überraschung. Mehr dürfe sie nicht verraten.

»Mischa hat sich bestimmt ein Motorboot gekauft«, sagte Sonja zu ihrem Vater. »Er wollte schon lange ein neues haben. Ich bin gespannt.«

»Und das, wo sie vor der Pleite stehen!« Bruckmann hob die Schultern. »Ich komme bei diesen Geschäftsmethoden nicht mehr mit. Anscheinend bin ich verkalkt.«

»Du hast ganz recht, Vater!« Sonja tippte energisch auf die Rechenmaschine; sie machte den Tagesabschluß der Ladenkasse. »Ich werde mit ihm schimpfen. Bei mir braucht er kein Motorboot, um anzugeben. Ich heiße nicht Ellen!«

Kurz vor acht Uhr abends war sie am Becken 9. Die Kaianlagen waren schwach beleuchtet und menschenleer. Im Hafenwasser lagen ein paar Frachter aus Afrika, ein Schlepper, einige kleine Flitzer – aber kein schickes, weißes Motorboot. Auch Mischa war noch nicht da. Im trüben Licht der paar Lampen an den hohen Masten sah diese Gegend trostlos, ja feindlich aus.

Sonja fuhr herum, als sie hinter sich leise Schritte hörte. ›Mischa!‹ wollte sie rufen, aber dann blieb ihr das Wort im Munde stecken. Es war nicht Mischa, sondern Ricardo Bombani.

So ungewöhnlich Bombanis Auftreten zu dieser

Zeit und in dieser einsamen Hafengegend auch war – sein Lächeln und die weltmännischen Manieren nahmen Sonja alle Angst. Im Gegenteil, sie atmete auf, erleichtert darüber, daß es kein völlig Fremder war, der da plötzlich vor ihr stand.

»Sie?« fragte sie gedehnt. »Wie kommen Sie denn hierher? Sind Sie mir nachgefahren? Hauen Sie schnellstens wieder ab, denn gleich wird Herr Heideck auftauchen, und ich möchte nicht, daß es wieder Auseinandersetzungen gibt.«

»Madonna mia«, sagte Bombani, nahm Sonjas Hand und küßte sie galant. »Wenn Sie wüßten, wie sehr ich diese Minuten herbeigesehnt habe! Heideck kommt übrigens nicht.« Sie waren ganz allein auf der Straße zwischen dem Lagerhaus und dem brackigen Hafenwasser. Die trüben Lampen erhellten kaum ein paar Meter Weg, die Kräne stachen ihre Eisenarme in den Nachthimmel wie betende Gerippe. »Ich selbst war es, der Sie anrufen ließ und hierher bestellte.«

»Sie? Aber...«

»Ich mußte Sie wiedersehen, ehe ich zurückfahre. Verzeihen Sie mir.« Bombani griff in die Tasche seines Trenchcoats und zog ein Kästchen heraus. Vorsichtig hielt er es Sonja unter die Nase und tat sehr geheimnisvoll. »Und ich wollte Ihnen etwas verehren. Ein kleines Andenken an einen Mann, der Ihr Bild immer in seinem Herzen behalten wird.«

»Das kann ich auf keinen Fall annehmen!« Sonja blickte neugierig auf das Kästchen. Es war länglich und flach. Ein Armband, dachte sie sofort. Unmöglich! Wie kommt er dazu, mir solche Geschenke zu machen?

»Die Freude einer schönen Frau macht mich glücklich«, sagte Bombani geschmeidig. Es war im Grund ja abgedroschen, klang aber trotzdem schön. Seine Stimme sang es fast, in jenem italienischen Tonfall, der immer wieder betörte. »Sie dürfen es nicht ablehnen. Bitte, sehen Sie es sich an!«

Er klappte das Kästchen auf, bog den Kopf etwas nach hinten und hielt es Sonja so nahe ans Gesicht, als halte er sie für kurzsichtig.

In dem Etui, das sah sie noch, befand sich nichts als ein weißer Wattebausch, aus dem ein widerlich süßer Geruch aufstieg und sie nach zwei Atemzügen völlig einhüllte. Dann wurde ihr schwindelig, das Hafenbecken und die Masten mit den Lampen drehten sich, sie taumelte und klammerte sich an Bombani fest, der ihr jetzt den Wattebausch direkt an die Nase hielt. Noch zwei weitere Atemzüge, noch einmal diese schwere Süße, und dann versank die Welt wie in einem Abgrund aus Watte...

Bombani verstaute den Wattebausch schnell wieder in dem Kästchen, klappte es zu, steckte es in seinen Trenchcoat und hielt mit dem anderen Arm die bewußtlose Sonja fest. Zur Sicherheit sah er sich nach allen Seiten um, konnte aber keinen anderen Menschen entdecken, bückte sich dann, schob sich unter Sonjas schlaffen Körper und trug sie weg.

Im Schatten des Lagerhauses wartete der auf unbestimmte Zeit gemietete große, amerikanische Wagen. Er hatte jetzt eine von Bombani unter der Hand beschaffte französische Nummer und das ovale CD-Schild. ›Corps diplomatique‹, das war ein Zauberwort, um Zollbeamte und Polizisten von Kontrollen abzuhalten.

Bombani hob den Kofferraumdeckel und legte Sonja in den riesigen Gepäckraum. Sie paßte bequem hinein, ohne krumm liegen zu müssen. Zu den Rücksitzen hin war die Wand des Kofferraums halb aufgeschnitten worden, so daß vom Innenraum des Autos her genügend Luft hineingeleitet wurde. Sorgfältig fesselte Bombani die Hände und Füße von Sonja mit dünnen, aber festen Stricken. Er war sogar so rücksichtsvoll, Sonjas Gelenke vorher mit Stoff zu umwickeln, damit die Seile nicht die Haut wundscheuerten. Daraufhin hielt er der Gefesselten noch mal den Wattebausch mit dem Äther unter die Nase und klappte dann den Deckel des Kofferraums zu.

Langsam lenkte er den Wagen zur Hafenstraße, fuhr an den St. Pauli-Landungsbrücken vorbei zur Ausfallstrecke, die auf die Autobahn führte und hatte nach einer halben Stunde Hamburg verlassen.

Bevor er in die Autobahn einfuhr, hielt er noch einmal auf einem Rastplatz und sah in den Kofferraum. Sonja schlief ruhig und tief. Ihr Mund war trotzig ein klein wenig vorgewölbt, ihre junge feste Brust hob sich beim Atmen und drückte sich durch das Kleid. Der Rock war nach oben verschoben und gab die langen, schlanken Beine bis zu den Schenkeln frei.

Bombani hatte bei diesem Anblick das Gefühl, als werde sein Herz groß wie ein aufgeblasener Ballon. Er hielt sich für einen Frauenkenner, der kaum noch zu überraschen war. Jetzt mußte er, wenn er ehrlich war, diese überhebliche Selbsteinschätzung korrigieren. Dieses Mädchen strahlte so viel Jugend, Unschuld, lebensvolle Frische und Schönheit aus, daß er in einer Art überwältigt war, wie er es nie für möglich gehalten hätte. War es nicht eine Sünde, sie den Gangstern auszuliefern, die ihn beauftragt hatten? Aber was sollte er tun? Wenn er die Befehle nicht ausführte, war sein Leben keinen Pfifferling mehr wert. Corbet und seine Kumpane kannten kein Erbarmen, wenn sich irgend jemand ihnen widersetzte.

Er beugte sich vor, küßte Sonjas trotzige Lippen, strich ihr zärtlich die wirren Haare aus der Stirn, schob den verrutschten Rock etwas herunter, klappte den Kofferraumdeckel wieder zu und überlegte. Ich muß erst nach Westen und dann nach Süden. Über die Autobahn bis Aachen, dann durch Belgien, hinein nach Frankreich, die Rhône hinunter über die alte, schöne Route Napoleon bis zum Mittelmeer und dann die Küstenstraße entlang nach Cannes. Welch eine Fahrt!

Er setzte sich ans Steuer, steckte eine Zigarette an und kam nicht von den verwirrenden Gedanken los, daß hinter ihm im Kofferraum das schönste Mädchen lag, das er je gesehen hatte.

Man muß unterwegs ein paar Pannen haben, dachte er und lächelte vor sich hin. Auch ein Mr. Corbet ist machtlos, wenn ein Reifen platzt, ein Vergaser versagt oder der Auspuff wegfliegt. Aber so gewinnt man wenigstens Zeit, in der man allein ist mit diesem fantastischen Mädchen.

Für Übernachtungen war ohnehin alles vorbereitet. Auf den Hintersitzen des Wagens lagen Decken und Kissen. Wenn man die Sitze umklappte und die Vordersitze zurücklegte, ergab sich eine durchgehende Fläche, auf der zwei Personen weich und warm schlafen konnten. Und Wälder und stille Winkel fanden sich auf dem Weg nach Cannes genug.

Es war genau 21.12 Uhr, als Ricardo Bombani in die Autobahn nach Hannover einbog. Um diese Zeit fragte in Hamburg Irene Bruckmann ihren Mann: »Wo ist Sonja eigentlich hin?«

»Wenn mich nicht alles täuscht«, antwortete Thomas Bruckmann und blätterte in einem Versteigerungskatalog mit bunten Abbildungen wunderbarer Ikonen, »dann schmiedet sie mit Mischa Heideck Zukunftspläne.«

Kurz vor Mitternacht wurde Irene Bruckmann unruhig. Sie schlief noch nicht, sondern lag im Bett und las. Sie wußte nicht, warum – aber irgendwie hatte sie ein seltsames Gefühl, das ihr Angst machte. Sonja kannte doch ihre ständigen Sorgen. Wenn sie aus irgendwelchen Gründen mal später nach Hause kam, hatte sie immer angerufen und Bescheid gesagt. Warum tat sie das heute nicht?

Bruckmann schlief fest und schnarchte leise. Irenes Lesen im Bett, das sie so liebte, machte ihm nichts aus. In zwanzig Jahren Ehe gewöhnt man sich an manches. Außerdem war Bruckmann ein Mensch, der ohnehin sofort einschlief, sobald er waagerecht lag – ob im Bett, in einem Liegestuhl, auf der Couch oder auf einer Decke irgendwo im Sand oder auf einer Wiese im Ferienort. »Ich brauche das«, pflegte er zu seiner Verteidigung zu sagen, »der Umgang mit Altertümern ist ermüdend.« Irene hatte darin oft einen versteckten Angriff auf sich gesehen und verbittert geschwiegen.

Als jetzt die Uhr Mitternacht schlug, rüttelte sie ihren Mann wach. Thomas Bruckmann schrak hoch. »Was ist los?« stotterte er.

»Sonja ist noch nicht zurück. Und es ist Mitternacht.«

Bruckmann legte sich wieder zurück. »Und deswegen weckst du mich?« Er gähnte laut. »Mitternacht ist für junge Leute die schönste Zeit, besonders wenn sie verliebt sind. Weißt du das nicht mehr?«

»Aber sonst hat Sonja sich wenigstens jedesmal gemeldet. Nein, nein, da stimmt etwas nicht, ich spüre es.«

»Schlimm, diese Mütter«, stöhnte Bruckmann, »überall sehen sie Gefahren und Gespenster.«

»Es ist unerhört von diesem Heideck. Ich hatte ja gleich Bedenken, als der hier auftauchte.«

»Ach was!« brummte Bruckmann. »Er ist ein anständiger Bursche, ich habe Vertrauen zu ihm. Und jetzt laß mich weiterschlafen!« Damit drehte er sich um und war bald wieder weit weg von dieser Welt.

Um ein Uhr morgens weckte Irene ihren Mann noch einmal. Sie saß im Bett, zitternd vor Aufregung. »Sie ist noch immer nicht zurück. Wer weiß, was da passiert ist – und du bist schuld daran. Allein du!«

Thomas Bruckmann wälzte sich mühsam aus dem Bett, tappte zum Telefon und rief bei Mischa Heideck an. Es dauerte eine ganze Weile, ehe Mischa sich meldete. Hinter Bruckmann stand Irene mit hochrotem Kopf.

Er machte es kurz. »Hören Sie mal, Mischa«, sagte er betont ernst, »ich habe Verständnis dafür, daß meine Tochter Ihnen gefällt. Aber ich finde es nicht angemessen, daß sie um ein Uhr nachts noch nicht zu Hause ist und wir als Eltern nicht einmal wissen, was los ist. Ich fordere Sie auf, Sonja jetzt sofort hierher zu bringen und mir eine Erklärung zu geben für Ihr Verhalten.«

»Gut!« flüsterte Irene hinter ihrem Mann, doch der winkte unwirsch ab. Im Hörer hörte man die Stimme Mischas. Er sprach sehr schnell und brach dann plötzlich ab.

Bruckmann legte langsam den Hörer zurück. Sein Gesicht war wie leergefegt, eine starre Maske; alle Regungen schienen ausgewaschen.

»Was sagt er?« fragte Irene.

»Sonja ist gar nicht bei ihm ...«

»Nein!« schrie sie und schwankte.

»Er war heute überhaupt nicht mit ihr zusammen, hat sie nicht einmal gesehen ... er mußte bis spät abends arbeiten.«

»Thomas ...«, stammelte Irene, »was bedeutet das? Was ist mit Sonja passiert? ... Wo ist sie ...?«

Hilflos hob Bruckmann die Schultern. Sein Herz

kam ihm auf einmal zentnerschwer vor. »Mischa kommt jetzt gleich zu uns«, sagte er heiser. »Ich... ich rufe die Polizei...«

Die Kriminalpolizei stand vor einem Rätsel.

Zwei Beamte durchsuchten Sonjas Zimmer, um vielleicht durch irgendwelche Notizen in Tagebüchern oder Briefen Anhaltspunkte zu bekommen. Aber man fand nichts außer einigen Eintragungen, die sich mit Mischa beschäftigten und mit ihrer Eifersucht auf Ellen Sandor.

Die Überprüfung von Mischa Heideck ergab, daß er ein Alibi hatte. Er konnte mindestens zwanzig Personen benennen, mit denen er bis 21 Uhr in der Fabrik zusammen gewesen war. Später hatte er zu Hause mit seinem Vater vor dem Fernseher gesessen und war gegen Mitternacht ins Bett gegangen.

Und was Ellen Sandor betraf, so befand sie sich seit gestern bei ihrem Vater, um ihre Afrikareise vorzubereiten.

»Wir müssen warten«, sagte Kriminalobermeister Maschner zu Thomas Bruckmann. »Noch gibt es keine Spur. Hatte Ihre Tochter Verbindung zu Gammlerkreisen? Oder interessierte sie sich für eine Sekte? Könnte es möglich sein, daß sie mit Terroristen sympathisiert?«

»Um Gottes willen, wo denken Sie hin?! Ich kenne zwar nicht die Gedanken und Gefühle meiner Tochter bis zum letzten i-Tüpfelchen, aber in dem von Ihnen angedeuteten Sinn gibt es bei ihr bestimmt nichts zu entdecken. Sie ist ein ganz normales Mädchen ohne irgendwelche abartigen Tendenzen.«

»Na ja, man kann nie wissen. In letzter Zeit ist es öfter vorgekommen, daß gerade Töchter aus besten Familien vom Aussteigen träumen und ohne Vorankündigung das Elternhaus verlassen. Irgendwann tauchen sie dann in einer Sekte auf, oder wir finden sie zufällig in einer Wohngemeinschaft in München oder gar in Rom oder Paris.«

»Unmöglich! Das kann ich mir bei unserer Sonja nicht vorstellen.« Bruckmann nickte zu Mischa Heideck hinüber, der nervös eine Zigarette rauchte. »Sie hatte sich mit Herrn Heideck eng befreundet.«

»Ja«, nickte Mischa. »Wir haben sogar von Heirat gesprochen und Pläne für die nächste Zukunft gemacht.«

Der Kriminalbeamte sah auf seine Notizen. Im Augenblick war noch alles möglich. »Falls es sich um eine Entführung handelt, werden Sie innerhalb der nächsten zwölf Stunden einen Brief oder einen Telefonanruf bekommen. Möglich, daß Sie dann um einen höheren Geldbetrag erpreßt werden. Was auch immer geschehen mag: Auf jeden Fall müssen Sie uns sofort benachrichtigen.«

»Einen Dreck werde ich!« rief Thomas Bruckmann in höchster Erregung. »Ich zahle für meine Tochter jede Summe, die ich aufzutreiben vermag. Das einzige, was für mich zählt, ist, daß ich Sonja lebend und gesund wiederbekomme...«

Während der Kriminalbeamte und Sonjas Vater noch heftig diskutierten, ob es richtig und notwendig sei, mit der Polizei auch weiterhin enge Verbindung zu halten, starrte Mischa Heideck vor sich hin. Plötzlich sprang er auf und rief erregt: »Ich hab's! Bombani!«

»Bombani?« fragte der Kriminalist. »Was ist das?«

»Ein Italiener. Ein windiger Playboy. Zweimal hat er Sonja belästigt; einmal im Geschäft ihres Vaters und einmal draußen auf der Straße, als ich mit ihr verabredet war. Mir kam das Ganze von Anfang an merkwürdig vor. Es könnte doch sein, daß dieser Kerl Sonja entführt hat oder zumindest daran beteiligt ist.«

»Wenigstens der kleine Zipfel einer Möglichkeit«, meinte Kriminalobermeister Maschner sarkastisch. »Wir werden der Sache nachgehen. Im übrigen ersuche ich Sie dringend, nichts aus eigener Initiative zu unternehmen; Sie könnten es unbewußt dadurch für Ihre Tochter nur noch schlimmer machen. Mein Kollege bleibt zunächst hier und wird nachher von zwei anderen Beamten abgelöst, die Ihr Telefon mit einem Tonbandgerät verbinden. Falls Anrufe kommen, müssen wir die aufzeichnen. Bis später also!«

Maschner fuhr in sein Büro und veranlaßte, daß nach und nach die Hamburger Hotels und anschließend die Fremdenpensionen angerufen wurden auf der Suche nach einem gewissen Bombani. Viel Hoffnung auf Erfolg hatte er nicht.

Er irrte sich. Schon vom fünften Hotel kam die Information: »Jawohl, ein Herr Ricardo Bombani hat bei uns gewohnt. Er ist vorgestern abgereist.«

Vorgestern? überlegte der Polizist. Das war einen

Tag vor dem Verschwinden des Mädchens. Als Entführer kommt er da wohl kaum in Frage; schließlich mußte er ja auch in der letzten Nacht irgendwo geblieben sein. Wieso hätte er das Hotel einen Tag zu früh verlassen sollen?

Der Beamte ahnte nicht, daß der Italiener, um seine Spur zu verwischen und eventuelle Verfolger irrezuführen, eine Nacht in seinem Wagen geschlafen hatte, auf den Liegesitzen, warm unter Decken, in einem Waldstückchen an der Unterelbe.

Immerhin war Maschner dank seiner langjährigen kriminalistischen Erfahrung äußerst vorsichtig. Es konnte ja trotz der fehlenden Hotelnacht eine Verbindung zwischen dem Italiener und dem gesuchten Mädchen bestehen. Also ordnete er an, aus den Beschreibungen all derer, die Bombani gesehen hatten – das Hotelpersonal und Mischa Heideck – eine Phantomzeichnung anzufertigen und besonders an den Grenzen nach dem Mann zu fahnden.

Doch dazu war es zu spät, denn Bombani überquerte zu dieser Stunde gerade die belgische Grenze bei Aachen.

Als Sonja aus ihrer Bewußtlosigkeit erwachte, spürte sie zuerst ein Schwanken um sich herum. Dann hörte sie ein Brummen; es klang wie ein Motor. Im Mund empfand sie noch den ekelhaften süßlichen Geschmack. Außerdem hatte sie Kopfschmerzen. Übelkeit überkam sie, sie mußte würgen. Jetzt erst merkte sie, daß sie an Händen und Füßen gefesselt war und ohne Bewegungsmöglichkeit in einem verschlossenen engen Raum lag.

Für einen Augenblick schloß sie wieder die Augen, eine neue Welle der Müdigkeit drohte sie einzulullen – aber dann war sie auf einmal ganz klar, riß an ihren Fesseln, zog die Beine an und trat mit voller Wucht gegen die Wand ihres Gefängnisses. Es gab einen gehörigen Krach, Blech dröhnte, dann kreischten Bremsen, sie wurde heftig geschüttelt, und ihr Kopf prallte gegen irgend etwas Hartes.

Ich bin also in einem Auto, erkannte sie. Ich liege in einem Kofferraum. Durch einige Ritzen im Hintergrund fiel etwas Licht herein – es waren die Luftschlitze zwischen dem Kofferraum und den Rücksitzen des Wagens.

Als Sonjas Augen sich an die Düsternis gewöhnt hatten, konnte sie Einzelheiten unterscheiden: den Kofferraumdeckel über sich, zwischen Außenwand und Radverkleidung die Tasche mit den Werkzeugen, eine Erste-Hilfe-Tasche mit einem Roten Kreuz darauf, ein zusammengeklapptes Warndreieck und zwei Lappen, die nach Öl und Benzin stanken.

Das Rollen und Schwanken hörte auf. Der Wagen stand. Bombani war auf die Bremsen getreten, als Sonja gegen die Wand des Kofferraums stieß. Er hatte solch einen Schreck bekommen, daß der Wagen ins Schleudern geriet durch das zu harte Bremsen. Nur mit Mühe vermochte er die schwere Limousine in der Spur zu halten und fuhr auf einen Rastplatz, der glücklicherweise gerade rechts auftauchte. Es war früher Morgen, die Autobahn fast leer. Auf dem Rastplatz waren zwei Lastzüge abgestellt; die Fahrer hatten die Vorhänge hinter den Fenstern der Kabinen zugezogen und schliefen offensichtlich noch. Bombani fuhr so weit nach vorn, daß er ohne lange Zufahrt sofort starten konnte und hielt dann an.

Im Kofferraum fing Sonja erneut an zu toben. Bombani zog das Kinn an und überlegte. Gewalt war ihm zuwider, vor allem bei einem solch hübschen Mädchen, wie Sonja es war. Falls sie sich jedoch weiterhin so aufsässig benahm, blieb ihm nichts anderes übrig, als sie härter zu fesseln und zu knebeln.

Er stieg aus, ging nach hinten, schloß den Kofferraum auf und klappte den Deckel gerade so weit hoch, daß er hineinsehen konnte. Sonja starrte ihn böse an. Keinerlei Angst war in ihren Augen, eher eine ohnmächtige Wut.

»Sie!« zischte sie Bombani an. Die frische Luft tat ihr gut. Der widerlich süße Geschmack im Mund ließ nach. Auch hinter den Schläfen stach es nicht mehr so. »Sind Sie verrückt geworden? Binden Sie mich sofort los und lassen Sie mich raus. Mein Gott, es ist ja heller Tag! Wie spät ist es denn?«

Bombani blickte auf seine Armbanduhr. »Sechs Uhr und vierundzwanzig Minuten, bella bionda«, antwortete er.

»Sie sind mit mir die ganze Nacht herumgefahren?«

»So ist es!«

»Und wo sind wir jetzt?«

»Auf der Autobahn kurz vor der Grenze nach Belgien.«

»Nein!« rief sie. »Was soll das? Binden Sie mich los oder ich schreie!«

Bombani klappte den Kofferraumdeckel ganz hoch und setzte sich halb auf die Stoßstange. »Sollten Sie weiter Krach machen, muß ich Sie noch härter behandeln. In Ihrem eigenen Interesse wäre es besser, wenn Sie vernünftig sind.«

»Was haben Sie mit mir vor?« Sonja hob den Kopf. Sie sah Bäume, einen blauen Morgenhimmel, das Band der Autobahn. Von den Büschen her hörte sie fröhliches Vogelgezwitscher. »Soll das eine Entführung sein? Wollen Sie mich damit zwingen, Sie zu lieben.«

Bombani schüttelte mißbilligend den Kopf. »Wie traurig wäre es, müßte ich zu solchen Mitteln greifen!« Er war echt beleidigt darüber, so falsch verdächtigt zu werden. Er war es gewohnt, daß die Mädchen und Frauen ihn anhimmelten, ohne daß er nachzuhelfen oder gar Gewalt anzuwenden brauchte. »Ich habe Auftrag, Sie nach Cannes zu bringen. Dort werden Sie erwartet. Für uns beide würde es am schönsten sein, wenn wir gemeinsam ganz gemütlich ans Meer reisten. Es hat keinen Sinn, sich zu wehren, zu schreien oder davonzulaufen – das sehen Sie doch ein, wie?«

Sonja nickte. Sie sah es ein. Niemand hörte sie, keiner sah sie. Bombani brauchte bloß den Kofferraumdeckel wieder zufallen zu lassen und weiterzufahren. Wer sollte ahnen, daß sie hier drin lag? Klüger war es, friedlich zu bleiben und vorerst alles zu tun, was er verlangte. Einmal würde ihre große Chance kommen.

»Ich muß also hier im Kofferraum bleiben?« fragte sie. »Gemütlich ist das nicht.«

Bombani zögerte. Treuherzige Blicke aus blauen Augen trafen ihn immer in der Seele. Andererseits bedeutete Nachgeben in diesem besonderen Fall größte Gefahr.

»Wenn Sie mir versprechen, ganz brav zu sein«, sagte er schließlich, »dann frühstücken wir erst einmal.«

Sonja setzte sich auf; Bombani half ihr, indem er sie im Rücken stützte. Dann ging er nach vorn und kam mit einem Spankorb zurück. Er klappte ihn auf, entnahm Brettchen und eine Thermosflasche, ein Brot, Butter und Wurst. Sonja hob die gefesselten Hände.

»So kann ich aber nicht essen und trinken ...«

»Ich warne Sie, bella. Beim geringsten Fluchtversuch kenne ich keine Gnade!« Bombani band die Handfesseln los, zog eine Pistole aus seiner Tasche und legte sie neben sich auf die Stoßstange. Dann schnitt er das Brot an. Sonja schraubte unterdessen die Thermosflasche auf und goß sich einen Becher voll. Wie der Kaffee duftete, wie herrlich er schmeckte. Noch nie hatte Kaffee ein solch köstliches Aroma gehabt.

Sie frühstückten in aller Ruhe eine halbe Stunde lang, als sei es völlig selbstverständlich, daß eine junge Frau in einem Kofferraum hockte und davor ein Mann mit einer Pistole auf der Stoßstange saß. Dann packte Bombani alles wieder in den Korb, trug ihn zu den hinteren Sitzen und winkte lässig mit der rechten Hand.

»Jetzt wieder hinlegen und die Hände her!«

»Muß das sein?« Sonja sah Bombani aus strahlenden Augen an. Es war ein Blick, der einen Teufel zum Engel machen konnte. »Wenn ich hoch und heilig schwöre, nichts zu versuchen...«

»Erst nach der Grenze!« erwiderte er. »So lange müssen Sie warten. Es sind nur noch zehn Kilometer.«

Die Grenze! War das vielleicht die große Chance? Konnte sie sich dort bemerkbar machen?

Seufzend legte sie sich wieder hin. Bombani war diesmal vorsichtiger und band Hände und Füße so zusammen, daß Sonja gespannt wie ein Bogen im Kofferraum lag, eine unbequeme gekrümmte Haltung, auf längere Zeit sogar schmerzhaft im Rücken. Jedenfalls konnte sie sich so gut wie überhaupt nicht bewegen.

»Ist das notwendig?« fragte sie kläglich.

»Leider, Madonna. Es ist bloß ein kurzes Stück. Sobald wir in Belgien sind, binde ich Sie sofort los. Werden Sie schreien?«

»Nein!« beteuerte Sonja. Aber ihre blanken Augen verrieten das Gegenteil. Bombani hob bedauernd die Schultern. Aus einem sauberen Taschentuch machte er einen Knebel, um ihn Sonja in den Mund zu stekken. Doch das war gar nicht so einfach, denn als er mit der linken Hand ihre zusammengepreßten

Zähne öffnen wollte, schnappte sie plötzlich zu und biß ihn in den Finger. »Maledetto!« schrie Bombani und schüttelte seine Hand, um den Schmerz zu überwinden. »Al diavolo! Warum tun Sie das? Machen Sie mich nicht wütend!« Brutal riß er ihr den Mund auf und schob den Knebel zwischen ihre Zähne. Während er ein Heftpflaster darüber klebte, fragte er: »Bekommen Sie Luft?«

Sonja schüttelte den Kopf. Aber Bombani war kein Anfänger. Er hielt ihr auch noch die Nase zu, und als Sonja rot wurde im Gesicht und sich aufbäumte, gab er sie wieder frei. »Sehen Sie, durch die Nase zu atmen ist gut«, sagte er grinsend. »Halten Sie Ricardo nicht für einen Idioten!«

Er tätschelte ihr die Wangen, lächelte sie mit all seinem verdammten Charme an und warf den Kofferraumdeckel zu.

Wieder umgab sie die fahle, dumpfe Dunkelheit, der Geruch von Öl und Benzin. Dann brummte der Motor auf, das Schunkeln und Schwanken begann, die Räder knirschten über sandigen Boden und sangen dann über Asphalt.

Sonja ergab sich in ihr Schicksal, jedenfalls vorläufig. Bis Cannes ist es noch weit, dachte sie. Bis dahin kann viel geschehen. Sie lauschte nach draußen, versuchte die Geräusche einzuordnen, die bis zu ihr drangen. Für Angst war keine Zeit.

Viel Lärm. Stimmen. Das verlangsamte Fahren ging in ruckartige Fortbewegung über. Ganz leise Musik. Rufe. Eine verschwommene Stimme...

Die Grenze!

Sonja wollte sich wenigstens teilweise befreien, wollte gegen das Blech treten, sich im Kofferraum bemerkbar machen. Es gelang ihr nicht. Krumm lag sie in ihrem Gefängnis und mußte tatenlos miterleben, wie Ricardo Bombani die Grenze passierte. Dank neuer Vereinbarungen der EG-Staaten und seit der Einführung der grünen ›E‹-Karte gab es an den meisten europäischen Grenzen schnelle und unkomplizierte Abfertigungen. Ungehindert durfte er weiterfahren. Das CD-Schild am Wagen gab ihm zusätzliche Freiheit.

Dabei hatte er ganz schön Lampenfieber gehabt, als er auf die Grenzbeamten zufuhr. Noch jetzt, nachdem er längst auf belgischer Seite war, schwitzte er vor innerer Erregung. Schnell fuhr er weiter, bog dann wieder ab und suchte einen stillen Nebenweg. Er landete in einem Kiefernwäldchen, wo es herrlich nach Harz und betauter Erde roch. Zwischen Farnen und wilden Brombeerbüschen hielt Bombani an, kam um den Wagen herum und riß den Kofferraum auf. Sonja lag unbeweglich auf dem Boden, die Augen geschlossen, kaum noch atmend.

»Madonna!« schrie er auf, entfernte sofort den Knebel, löste die Fesseln, legte sein Ohr auf Sonjas Brust und hatte in diesem Augenblick gar keinen Sinn dafür, wie schön ihr Körper war.

Sie verhielt sich starr und steif, spielte die Ohnmächtige vorzüglich. Bombani ließ sich jedenfalls täuschen und war der Verzweiflung nahe. Unter Aufbietung all seiner Kraft hob er sie aus dem Kofferraum und legte sie ein paar Meter seitwärts auf das weiche Farnbett. Dann kniete er sich neben sie hin und wollte ihr das Kleid aufknöpfen, um eine Herzmassage zu versuchen.

Höchste Zeit, endlich zu erwachen. Sonja schlug die großen blauen Augen auf, sah wie erstaunt um sich und seufzte tief.

»Wo bin ich?« fragte sie schwach.

»In Belgien.« Bombani schien ein Zentnergewicht von der Seele zu fallen. »Bella, was für Sorgen machen Sie mir! Geht es Ihnen besser?«

»Mir ist ganz schwindelig... mein Gott, ich wäre beinahe erstickt...«

Bombani hatte den Schreck schon wieder überwunden. »So schnell erstickt man nicht«, meinte er und lachte fröhlich, als er daran dachte, daß die erste Grenze geschafft war. Nach Frankreich hinein würde es ebenfalls keine Probleme geben, und dann lag der ganze herrliche Weg bis zum Mittelmeer vor ihm, die Rhône hinunter, über die Route Napoleon, durch die Seealpen. Über Grenoble sollte die Fahrt gehen, durch die Nelkenfelder in der Umgebung von Grasse, wo die Luft schwer war vom Duft aus den Parfümeriefabriken; ein süßer Hauch von Lavendel und Nelken... Bombani nahm sich vor, so langsam wie möglich zu fahren und oft Pausen zu machen; er wollte die Zeit nutzen.

Sonja setzte sich mühsam auf, strich sich die langen blonden Haare aus dem Gesicht und sagte: »Ich bin durstig. Und ich glaube, ich habe sogar Hunger.«

»Sofort, bella!« Er lief zum Wagen und holte seinen Korb. Etwa zehn Meter war er jetzt entfernt, schätzte Sonja – genügte das?

Sie sprang auf. Wer nicht wagt, der nicht gewinnt, dachte sie, nahm allen Mut und alle Kraft zusammen und rannte los. Wie ein gehetztes Wild jagte sie durch den lichten Wald. Wohin, das war ihr gleichgültig; nur weg, weg! Irgendwo würde sie auf eine Straße kommen, auf Menschen treffen, vielleicht Häuser sehen. Nur laufen, laufen, der Freiheit entgegen.

Bombani stieß einen Fluch aus, als er Sonja davonsprinten sah. Er warf seinen Korb hin, spannte die Muskeln und schnellte vor. Gleich einem Windhund flog er durch den Wald und hatte Sonja kurz darauf unmittelbar vor sich.

»Bleiben Sie stehen!« rief er. »Es hat keinen Zweck! Sie entkommen mir ja doch nicht!«

Sonja blickte sich im Laufen kurz um. Der Verfolger war schon zu nahe heran, der erste Fluchtversuch gescheitert. Sie sah es ein und hielt an. Bombani konnte nicht so schnell abbremsen, in vollem Schwung prallte er gegen sie, und beide fielen sie auf den Waldboden, kugelten übereinander. Und als sie dann wie umschlungen dalagen, tat Bombani, was er schon immer hatte tun wollen: Er küßte Sonja auf den japsenden, nach Luft ringenden Mund. Sie wehrte sich nicht, ihr Herz schlug wie wild, plötzlich hatte sie gar keine Kraft mehr und war eigentlich froh, nicht noch viele hundert Meter weiterrennen zu müssen.

»Das war dumm, Madonna, das war sehr dumm«,

keuchte Bombani. »Wo wollten Sie denn hin? Glauben Sie wirklich, Sie wären weit gekommen? Wir sind hier nicht in Deutschland. Und was soll ich nun mit Ihnen machen? Haben Sie vergessen, daß Sie hoch und heilig versprochen hatten, keinen Fluchtversuch zu unternehmen?«

»Das ist in Deutschland gewesen. Und jetzt, Sie sagten es schon, sind wir nicht mehr in der Heimat. Wir befinden uns in Belgien!« Sonja blickte in den Spätsommerhimmel. Große, dicke weiße Wolken zogen träge am Himmel dahin. Es war warm.

»Aha!« Bombani kannte die Kapriolen der weiblichen Logik; diese widersprüchlich-originellen Verflechtungen faszinierten ihn immer wieder. »Dann schwören Sie mir jetzt für Belgien und Frankreich, daß Sie so etwas nie wieder tun.«

»Zunächst für Belgien!« Sonja setzte sich ins Gras. »Über Frankreich sprechen wir in Frankreich.«

Sie gab Bombani die Hand. Er schüttelte seufzend den Kopf, stand dann auf und half Sonja, wieder hochzukommen. Im Grunde , überlegte er, ist es gut, daß sie den Ernst der Lage nicht erkennt und alles wie ein Spiel nimmt. Wüßte sie, was ihr bevorsteht und wie gemein und erbarmungslos die Verbrecher sein können, die sich für ihr Schicksal interessieren, dann hätte ich es bestimmt sehr viel schwerer mit ihr.

Aber wie lange würde diese Selbsttäuschung anhalten?

In Cannes hatte Roger Corbet seit einiger Zeit das unangenehme Gefühl, auf Schritt und Tritt beobachtet zu werden. Mißtrauisch stellte er zum Beispiel fest, daß neben dem Zugang zu seiner weißen Felsenvilla – dort, wo sich der Parkplatz befand und der Fahrstuhl auf das Plateau hinaufführte – eine Arbeiterkolonne mit zwei Zelten anrückte und völlig sinnlos die Straße aufriß. An dieser Stelle lag weder ein Kabel noch ein Kanal; trotzdem buddelten die Männer einfach Löcher und sangen dabei zweideutige Hafenlieder.

Auf dem zweiten Zugang zu Corbets Villa – einem nicht ungefährlichen Felsenweg – waren ebenfalls Arbeiter am Werk. Diese Gruppe kam angeblich von der Radiostation Cannes und errichtete einen Sendemast unterhalb des Wegs. »Für den Schiffsfunk«, erklärten sie, als Corbet sie befragte. Doch das glaubte er ihnen nicht.

Zu allem Überfluß tauchte auch noch Kommissar Bouchard auf. Es war früh am Morgen, Corbet hatte noch nicht gefrühstückt und deshalb eine entsprechend schlechte Laune.

»Ist es gesund für einen Polizeibeamten, so zeitig aufzustehen?« begrüßte er den Besucher böse.

»Ich liebe die Morgenstunden«, entgegnete der Kommissar verdächtig freundlich. »Da ist die Welt noch in Ordnung, und die Menschen sind freundlich und aufgeschlossen. Sehen Sie mal, was mir da durch die Luft zugeflogen ist, aus dem fernen Deutschland.« Bouchard warf den Abzug eines Funkbildes auf den Tisch. Corbet betrachtete es kurz und verzog die Lippen.

»Nettes Mädchen. Könnte mir gefallen. Bieten Sie mir den Käfer für die nächste Party an?«

Bouchard setzte sich unaufgefordert. Er konnte über den plumpen Scherz nicht lachen. »Diese junge Dame ist entführt worden. Aus Hamburg. Was sagen Sie dazu?«

»Wer es auch gewesen sein mag: Der Junge hat einen wirklich guten Geschmack.« Corbet grinste. Unter der Haut aber begann es vor Erregung zu jucken. Wo steckte eigentlich Bombani jetzt? Warum hatte er sich nicht mehr gemeldet? Das Mädchen mußte auf dem schnellsten Weg verschwinden, ehe die Polizei Bombanis Spur entdeckt hatte. »Ich war leider seit drei Jahren nicht mehr in Deutschland.«

»Die hier abgebildete Person kennen Sie also nicht?«

»Tut mir leid, Kommissar. Tut mir wirklich sehr leid. Man kann nicht alle hübschen Weibchen kennen, die in Europa herumlaufen.«

»Noch weiß ich nichts Genaueres.« Bouchard klopfte auf das Funkfoto. »Meine Anfrage ist unterwegs. Sollte es aber der Zufall wollen, daß dieses in Hamburg verschwundene Mädchen vor ein paar Wochen hier an der Riviera, vielleicht sogar in St. Tropez war, und bei einem Fotowettbewerb einen Preis erhielt für ein reizvolles Bildchen, auf dem eine Jacht und zwei Männer im Gespräch zu sehen sind – wenn das alles so schön zusammenkommt, dann, mein lieber Roger, stecken Sie Zahnbürste und Kamm ein. Das sind nämlich die einzigen Dinge, die Sie in die Zelle mitnehmen dürfen.«

»Kommissar Bouchard! Ihre beleidigenden Andeutungen können Sie sich sparen!« brauste Corbet wütend auf. »Ich weiß überhaupt nicht, was Sie wollen. Habe ich Sie eigentlich eingeladen, zu mir zu kommen? Oder ist es dienstlich? In diesem Fall müßte ich erst einmal meinen Anwalt dazubitten.«

Bouchard verstand. Das war ein indirekter Rausschmiß. Er erhob sich, verbeugte sich knapp, ließ das Foto absichtlich liegen und fuhr mit dem Lift hinunter zu seinem Wagen. Die Straßenarbeiter beachteten ihn überhaupt nicht. Dabei kannten sie ihn sehr genau. Sie waren nämlich Spezialisten vom III. Polizeibüro.

Oben betrachtete Roger Corbet das Bild Sonjas. Ein süßer Käfer, dachte er. Eigentlich schade um sie, aber sie ist nicht mehr zu retten – ihretwegen könnte das ganze Orientgeschäft platzen; es wäre das Aus für uns alle. Aber wo blieb Bombani?

Sonja und Bombani saßen im Wagen und verzehrten ihr zweites Frühstück. Danach stand Sonja auf und ging in den Wald. Bombani wollte ihr sofort folgen, doch sie blitzte ihn empört an:

»Wo ich hingehe, muß ich allein sein. Sie sollten sich schämen!«

Bombani kaute an der Unterlippe. Wenn sie nun wieder zu flüchten versucht, dachte er, was dann?

Sonja mußte unwillkürlich lächeln. Ihr war klar, woran Bombani dachte. »Ich halte meinen Schwur«, sagte sie, »keine Sorge!«

»Sobald ich was Verdächtiges höre, schieße ich ins Gebüsch«, brummte er. »Und nun gehen Sie schon!« Er lehnte sich gegen das Auto und starrte mißmutig nach oben in die Wolken.

Sonja lief ein paar Meter in den Wald hinein, wo dichte Büsche standen, und kämpfte sich durch die Zweige, bis sie Bombani nicht mehr sah und auch von ihm unmöglich gesehen werden konnte.

»Bella?« hörte sie seine Stimme.

»Ja?« rief sie zurück.

»Pfeifen Sie!« schrie er. »Oder singen Sie! Ich muß hören, ob Sie in der Nähe bleiben.«

Sonja begann zu pfeifen. Währenddessen riß sie ein Stück von ihrem Taschentuch ab, legte es auf ihren Schenkel und schrieb mit dem Filzschreiber, den sie in der Rocktasche hatte, ein paar Zeilen darauf:

›Verschleppt nach Cannes! Hilfe! Fahren in dunkelblauem großen Chevrolet. Entführer heißt Bombani. Ruft sofort Polizei! – Sonja Bruckmann, Hamburg.‹

Dieses Stoffstückchen spießte sie auf einen Zweig und hoffte, daß irgend jemand es bald finden würde. Ein Pilz- oder Beerensammler vielleicht, ein Holzfäller, Förster oder Waldhüter, ein Jäger oder Spaziergänger. Ein Stückchen weißer Stoff an einem Ast fiel jedem auf...

Die ganze Zeit über pfiff sie fröhlich, um Bombani in Sicherheit zu wiegen. Als sie aus den Büschen wieder auftauchte, zündete er sich erleichtert eine Zigarette an.

»Wissen Sie, worauf ich wahnsinnigen Appetit

habe?« fragte sie. »Auf Pommes frites. Mit Mayonnaise.«

»Bekommen Sie!« nickte er gönnerhaft. »Aber erst wechseln wir bei Bouillon nach Frankreich über.«

Sie packten zusammen, stiegen in den Wagen und fuhren weiter. Nach einigen hundert Metern erreichten sie wieder die Straße. Bombani gab Gas, das schwere Auto rauschte über den Asphalt. Sonja stellte das Radio an. Radio Luxemburg. Heiße Musik. Eigentlich, dachte sie, ist es ein tolles Erlebnis, ein richtiger Roman. Wie aufgeregt werden sie wohl in Hamburg sein? Mutti hat Herzklopfen, Papa flucht und Mischa... ja, was mag Mischa machen? Was glauben sie wohl alle, was mit mir geschehen ist? Wenn ich ihnen doch eine Nachricht geben könnte...

»Warum haben Sie mich entführt?« fragte sie. »Wollen Sie Lösegeld von meinem Vater? Da ist bestimmt kein großes Geschäft zu machen, das sage ich Ihnen gleich.«

Bombani schwieg. Was sollte er auch erwidern? Er wußte ja selbst nicht, was Roger Corbet von dem Mädchen wollte. Wenn es nur noch um das Foto ging, hätte man sie nicht nach Frankreich zu bringen brauchen. Das Foto lag unter Garantie irgendwo in Hamburg; da hatte die Entführung keinen Sinn. Wollte Corbet vielleicht verhindern, daß Sonja der Polizei in die Hände fiel? Dies würde aber bedeuten, daß...

Er erschrak, als er mit seinen Überlegungen soweit gekommen war. Diese Schweine in Cannes! Die hatten die Absicht, das Mädchen zu ermorden oder für alle Zeiten in Afrika in einem Freudenhaus verschwinden zu lassen. Sie waren zu der schlichten, obgleich letzten Endes ebenfalls unsinnigen Überzeugung gelangt: Wenn wir schon das Foto nicht bekommen, das unseren Boß entlarvt, dann muß wenigstens das Mädchen, die Fotografin, der Polizei entzogen werden. Auf diese Weise glaubten sie, zumindest Zeit gewonnen zu haben.

Laut sagte er jetzt zu Sonja: »Es geht nicht um die Moneten Ihres Alten. Es handelt sich um eine Aktion, mit der Ihr Vater gar nichts und Sie nur, sagen wir, indirekt zu tun haben. Mehr kann ich Ihnen nicht verraten. Aber eines sollten Sie wissen, damit Sie keine Dummheiten machen: Ich handle im Auftrag einer großen und weitverzweigten Organisation, die ihre Finger überall drin hat und deren Spitzel sogar bei der Polizei sitzen. Deshalb wäre es ein sehr gefährlicher Leichtsinn, wenn Sie zu fliehen versuchen oder sich bei der französischen Polizei melden wollen. Die Folge wäre nur, daß Sie erneut entführt würden – und das dann von Leuten, die Sie rücksichtsloser und härter behandeln, als ich es tue. Halten Sie sich das immer vor Augen, wenn wir nachher nach Frankreich kommen!«

Bombani glaubte zwar selbst nicht an das, was er da schreckensvoll ausmalte, aber er hoffte, Sonja damit so beeindruckt zu haben, daß sie keinen Fluchtversuch unternahm. Einerseits tat sie ihm leid, andererseits wußte er genau, was ihm selber blühen würde, wenn er das Mädchen nicht bei Corbet in

Cannes ablieferte. Befehlsverweigerung oder auch nur Versagen wurde in jedem Fall und ohne Ansehen der Person mit dem Tod bestraft. Die Organisation vertraute auf die Angst ihrer Mitglieder; die Angst und die Geldgier – das waren die tragenden Pfeiler von Mr. Zeros Rauschgiftschmugglerbande.

Ein paar Kilometer vor der französischen Grenze hielt Bombani an und nickte nach hinten. Sonja verzog das Gesicht. Irgendwie fand sie es zwar amüsant und spannend, mit einem gutaussehenden Entführer unter geheimnisvollen Umständen durch die Gegend zu fahren – aber daß sie immer wieder in den Kofferraum sollte, fand sie blöd.

»Muß das sein?« fragte sie, als Bombani ausstieg und sie auf die Straße zog.

Er nickte. »Sie haben Ihren Paß nicht dabei, und ohne einen Ausweis läßt auch der freundlichste Beamte Sie nicht hinüber.«

Seufzend kletterte Sonja erneut in das unbequeme Gefängnis und streckte sich aus. Als Bombani mit den Stricken kam, wehrte sie sich. »Ich verspreche Ihnen, ganz ruhig zu sein, wenn Sie mich nicht fesseln!«

»Es ist das letzte Mal und nur für kurze Zeit«, sagte er. »Dann genießen wir gemeinsam die Fahrt nach Cannes. Wer weiß, was hinterher kommt.«

Der letzte Satz ließ in Sonja zum erstenmal echte Angst aufkommen. Während Bombani ihr Hände und Füße band und dann den Kofferraumdeckel schloß, dachte sie: Was erwartet mich in Cannes? Warum werde ich dorthin gebracht? Was kann ich unternehmen? Wenn alles stimmt, was Bombani vorhin gesagt hat, darf ich mich nicht einmal der Polizei anvertrauen. Wahrscheinlich werden wir ohnehin schon die ganze Zeit von anderen Gangstern heimlich überwacht. Die verlassen sich doch nicht bloß auf Bombani; der ist ja viel zu labil und zu unvorsichtig. Doch das kann andererseits mein Glück sein! Ricardo Bombani ist das schwache Glied in der Kette. Nur über ihn werde ich mich befreien können. Ich werde alles tun, was er sagt und notfalls sogar ein wenig Liebe heucheln. Aber wenn er das ausnutzt und mehr haben will als vielleicht einen oder zwei Küsse? Wie verhalte ich mich dann?

Solche Gedanken wälzte Sonja, als der Wagen anfuhr und sie im dunklen Kofferraum unter sich die Straße vorbeirauschen hörte.

Und dann kam die Grenze. Stimmengewirr. Viele anfahrende Autos. Bombani sagte irgend etwas, schon rollte der Wagen weiter. Es gab praktisch keine Kontrolle.

Nach ungefähr drei Kilometern, kurz vor der kleinen Stadt La Chapelle, hielt Bombani erneut an und befreite Sonja aus dem Kofferraum. Es war ein herrlicher, sonniger Mittag mit eindrucksvollen weißen Wolkenbergen am hellblauen Himmel. Die Landschaft wirkte lieblich, verträumt, wie auf Bildern romantischer Maler. Akkurat ausgerichtet stand das zu Puppen geformte geschnittene Korn auf den Feldern.

»Jetzt, nach den ganzen Aufregungen, habe ich einen Bärenhunger, Ricardo«, sagte Sonja und setzte sich auf die hintere Stoßstange. Bombani zuckte zusammen; seine Augen bekamen einen dunklen Glanz.

»Haben Sie eben Ricardo gesagt, bella bionda?«

»Ja.« Sonja tat ganz unbefangen. »Darf ich nicht?«

»Aber Madonna! Sie machen mich glücklich damit. Sagen Sie noch mal Ricardo! Bitte!«

»Ricardo...« sagte Sonja und legte viel Zärtlichkeit hinein. Bombani seufzte herzzerreißend.

»Wie Sie das sagen! Ich habe meinen Namen noch nie so gehört. Ihre Stimme ist wie ein Streicheln. Oh, wenn ich Sie doch noch mal küssen könnte!«

Bei diesen Worten riß er sie in seine Arme, und Sonja ließ es nicht nur geschehen, sondern warf ihre langen blonden Haare zurück, schloß die Augen und bot Bombani ihre Lippen dar. Jetzt ist es soweit, dachte sie. Dies kann der erste Schritt in die Freiheit sein.

Bombani drückte Sonja an sich, spürte ihren jungen, straffen Körper und küßte ihre feuchten, kühlen Lippen. Dabei wühlten seine Hände in ihren Haaren, und er hatte das Gefühl, gesponnene Seide zu streicheln.

Sonja beendete seinen herrlichen Traum, indem sie sich von ihm löste, ihn wegstieß und nüchtern sagte: »Fast hätte ich ganz vergessen, daß Sie mein Feind sind.«

»Ihr Feind?« empörte sich Bombani. »Ich bin nicht Ihr Feind.«

»Dann ändern Sie die Richtung und fahren Sie nach Norden zurück.«

»Unmöglich, bella bionda!« Bombani raufte sich die Haare. »Das wäre keine Rettung für Sie, und für mich das Todesurteil.«

Sonja trat auf ihn zu, warf die Arme um seinen Nacken, küßte ihn wild. Ebenso plötzlich ließ sie ihn wieder los, trat zwei Schritte zurück, mit einem Lächeln in den Mundwinkeln und sagte: »Ich habe Hunger. Sie haben versprochen, daß ich Pommes frites bekomme.«

Sie ging zum Wagen, setzte sich hinein. Bombani seufzte wieder tief auf; es blieb ihm nichts weiter übrig, ais die Fahrt fortzusetzen.

Der nächste Ort war La Chapelle, eine kleine Landstadt mit einem typischen Marktplatz und einigen Restaurants, wie man sie überall in Frankreich findet: ein oder zwei große Fenster, darüber eine Markise mit dem Namen, etwa ›Coque d'Or‹, unter der Markise ein paar kleine Tische mit Stühlen, ein Kellner mit einer langen weißen Schürze, hinter der Theke der Patron.

Bombani hielt mitten auf dem Marktplatz. Sonja sah sich neugierig um. Jetzt zur Mittagszeit war der Markt fast leer. Wenn tatsächlich jemand sie überwachte, mußte er ein Meister der Tarnung sein.

»Gehen wir in eines der Lokale, Ricardo?« fragte Sonja und sah Bombani so verführerisch an, daß er unmöglich widerstehen konnte. »Ich verhalte mich ganz brav.«

Er stieg aus, half Sonja, faßte sie unter und ging mit ihr über den sonnigen Marktplatz. Sie setzten sich an einen freien runden Tisch des Restaurants

›Chez Pierre‹. Der Kellner kam sofort, wedelte mit der Serviette über die Tischplatte und legte die Speisekarte vor. Bombani bestellte als Vorspeise sechs Austern für jeden, dann gefüllte Artischocken, umgeben von einer mit Cognac abgeschmeckten Sahnesoße und zum Nachtisch geeiste Früchte. Dazu tranken sie eine Flasche Rotwein, der dunkel wie ein Rubin schimmerte. Auch die ersehnten Pommes frites kamen, und Sonja aß mit riesigem Appetit.

Nach dem Essen strahlte Bombani sie an. In diesen Minuten wirkte er wirklich sympathisch. Vielleicht aber sah Sonja auch die Welt jetzt anders, weil sie so wohlig satt war. Bombani meinte: »Jetzt müßte man sich hinlegen und eine Stunde schlafen.«

»Aha!« frozzelte Sonja.

»Arm in Arm, auf einem großen Bett, bekleidet nur von der Sonne...« Er reckte sich genüßlich, als läge er schon auf seinem Traumbett. Sonja, wieder ganz nüchtern, winkte ab.

»Statt dessen werden wir über staubige Landstraßen fahren, und das ist allein Ihre Schuld. Was soll also das dumme Gerede? Sie haben mich entführt, gefesselt, schleppen mich mit Gewalt nach Cannes in ein ungewisses Schicksal und faseln von gemütlichen Stunden im Bett. Wenn Sie mich wirklich mögen und ein richtiger Mann sind, dann finden Sie auch einen Weg, um aus dem Schlamassel herauszukommen.«

Bombani erhob sich; er war ernst geworden. »Sprechen wir nicht mehr darüber. Es hat keinen Zweck. Ich bezahle jetzt, dann geht es weiter.« Er zog sein Geld aus der Tasche, wandte sich um und ging zu dem Patron. Das war die Gelegenheit, auf die Sonja gewartet hatte.

Sie faltete die Serviette auseinander, nahm ihren Filzschreiber und warf schnell ein paar Zeilen auf den weißen Stoff:

›Bitte, rufen Sie Hamburg 3162818 an und informieren Sie meinen Vater, daß ich entführt worden bin. Er soll mich in Cannes suchen. Ich heiße Sonja.‹

Hastig faltete sie die Serviette zusammen und legte sie auf ihren abgegessenen Teller. Zu dumm, dachte sie, daß ich beim Französisch-Unterricht immer so faul gewesen bin; sonst hätte ich jetzt die Nachricht statt in deutsch in französisch schreiben können.

Bombani kam zurück. Bevor er mit Sonja zum Auto ging, kaufte er noch eine Flasche Rotwein, Schinken, Salami, eine lange französische Weißbrotstange und einen Block Käse. Dann im Wagen sitzend, sah Sonja, daß der Kellner den Tisch vor dem Lokal, an dem sie gesessen hatten, bereits abgeräumt hatte. Vielleicht, dachte sie, haben die jetzt im Haus meine Nachricht gelesen und alarmieren die Polizei. Oder rufen sie gleich bei Vati in Hamburg an? Kann auch sein, daß sie im nächsten Augenblick aus dem Haus gestürmt kommen und uns an der Abfahrt hindern...

Aber nichts dergleichen geschah. Bombani startete, und in wenigen Minuten hatten sie das Städtchen La Chapelle verlassen. Die Straße nach Sedan lag vor ihnen.

Im Restaurant ›Chez Pierre‹ war die Schrift auf der Serviette zwar tatsächlich entdeckt worden und wurde eingehend betrachtet, doch dann schüttelten der Patron und der Kellner den Kopf.

»Es ist deutsch«, sagte der Patron. »Schmieren immer alles voll, die Touristen. Haben einfach kein Benehmen. Wahrscheinlich ist die Schmiererei ganz unwichtig.« Er faltete die Serviette zusammen und steckte sie wie ein Taschentuch in seine Hose. »Trotzdem gehe ich nachher zum Lehrer Polniac. Der kann deutsch. Er wird es mir übersetzen...«

Aber der Lehrer Polniac war zu seiner kranken Schwester gefahren und kam erst an einem der nächsten Tage von seiner Reise zurück.

In Hamburg hatten Sonjas Eltern und Mischa Heideck jeden Tag von neuem die Hoffnung, etwas von Sonja zu hören. Und die mit dem Fall beauftragten Polizisten arbeiteten sich durch einen Berg von Hinweisen aus der Bevölkerung. Die Veröffentlichung eines Fotos von Sonja in den Zeitungen und im Fernsehen hatte unzählige Informationen ausgelöst.

Für den Hamburger Kriminalobermeister Maschner war es noch keinesfalls sicher, ob es sich bei Sonja Bruckmanns Verschwinden um eine Entführung handelte. Nach wie vor gab es die Möglichkeit, daß sie aus eigenem Entschluß und allein weggefahren war. Oder sie war einem Sittlichkeitsverbrecher in die Hände gefallen und lag vielleicht ermordet in irgendeinem Waldstück.

Gegen Abend klingelte im Hause Bruckmann das Telefon. Mischa, der jetzt täglich vorbeikam und zufällig da war, nahm den Hörer ab. Eine fremde Männerstimme meldete sich. Da der Fernsprechanschluß vorsichtshalber laufend überwacht wurde, gab es für die Abhörspezialisten Alarm. Sie arbeiteten fieberhaft. Wo kam der Anruf her? Falls der Mann von einer Privatwohnung aus sprach, war es fast unmöglich, die Adresse festzustellen, jedenfalls nicht innerhalb kurzer Zeit. Wurde jedoch von einer Telefonzelle angerufen, so konnte man den Standort bestimmen; für diese Zellen gab es besondere, gekennzeichnete Relais.

In diesem Fall hatte man unverhofftes Glück: Der Fremde stand in einem Telefonhäuschen in St. Pauli, gar nicht weit von der Davidswache entfernt.

»Das muß ein Vollidiot sein«, sagte der Kriminalobermeister, »oder er denkt, unter den Augen der ›Bullen‹ sei es am sichersten. Na warte, Bürschchen!«

Im Haus Bruckmann war Mischa heiser vor Aufregung und konnte nur mit Mühe sprechen. »Ihnen... einen Moment bitte«, sagte er, »ich gebe Ihnen Herrn Bruckmann.« Er reichte Sonjas Vater den Hörer und legte das Ohr an die andere Seite der Muschel, um einigermaßen mithören zu können.

War es der Erpresser? Kam Nachricht von Sonja? Lebte sie noch? War sie wohlauf?

Sonjas Mutter lag im Schlafzimmer im Bett. Sie

hatte nicht mehr die Kraft gehabt, den Aufregungen standzuhalten. Der Arzt hatte ihr ein Beruhigungsmittel gegeben.

»Ja? Bruckmann hier!« sagte Thomas Bruckmann in das Telefon. Er hatte das Gefühl, daß seine Knie weich waren wie Pudding. »Was wollen Sie?«

»Ihrer Tochter geht es gut«, sagte dumpf die Stimme aus dem Hörer, so, als habe sich der Kerl ein Tuch um den Mund gebunden, um später nicht identifiziert werden zu können. »Wenn Sie fünfzigtausend Mark zahlen, geht es ihr noch besser, denn dann kommt sie zurück zu Ihnen. Dann lasse ich sie nach Hause.«

»Ich zahle!« rief Bruckmann schnell. »Wohin soll ich das Geld bringen? Wann kann ich meine Tochter abholen?«

»Heute nacht um ein Uhr, pünktlich. An den St.-Pauli-Landungsbrücken, am Turm, erfahren Sie nähere Einzelheiten. Das Moos müssen Sie dabei haben. Aber keine Tricks, Männeken, sonst ist Ihre Kleine eine Wasserleiche. Auch dann, wenn Sie die Polente einschalten. Kapiert?«

»Alles klar.« Bruckmann schluckte. »Aber welche Garantie geben Sie mir, daß alles stimmt? Kann ich meine Tochter kurz sprechen?«

»Sie sind wohl nicht ganz klar im Kopf? Wenn ich garantiere, muß Ihnen das genügen. Entweder Sie halten sich an meine Anordnungen – oder Gute Nacht, Emma. Also heute nacht, Punkt ein Uhr!«

Der Mann hängte ein. Erschöpft, zitternd lehnte sich Bruckmann zurück. »Was soll ich tun, Mischa?

Fünfzigtausend Mark und keine Garantie. Wir wissen nicht, ob er Sonja wirklich gefangenhält…«

Die Frage wurde schnell gelöst. Als der Anrufer die Fernsprechzelle verließ, nahmen ihn zwei wuchtige Polizisten der Davidswache in Empfang. Erstaunt blickten sie den schmächtigen Kerl an, der starr vor Entsetzen vor ihnen stand und nicht recht wußte, wie ihm geschah.

»Sieh da, der Knacker-Maxe! Du bist doch Spezialist für das nächtliche Ausräumen fremder Autos – seit wann machst du auf Menschenraub? Das Fremdgehen wird dir schlecht bekommen!« Handschellen knackten um seine Gelenke. Maxe zog ein weinerliches Gesicht.

»Das war nur 'n Scherz, Kameraden!« rief er. »Ich hab' nichts damit zu tun. In der Zeitung hab' ich's gelesen und im Radio gehört… da dachte ich, Mann, hier könnte man ohne Risiko abstauben… Ich schwöre, ich hab' keine Ahnung, wo diese dämliche Sonja steckt…«

Auch Kriminalobermeister Maschner war sofort überzeugt, daß Knacker-Maxe nichts weiter als ein Trittbrettfahrer war, sich also nur an den geheimnisvollen Fall Sonja Bruckmann angehängt hatte. Trotzdem ließ er ihn, sicher ist sicher, eine Stunde lang verhören. Es blieb dabei: Mehr als versuchte Erpressung konnte man ihm nicht nachweisen. Immerhin: Für zwei Jahre würde er wohl der Reeperbahn Adieu sagen müssen.

Aber was Sonja betraf, so war man keinen Schritt weitergekommen. Selbst als der Hamburger Polizei die Lösung des Rätsels sozusagen auf einem Tablett dargeboten wurde, merkten sie nichts und tappten weiter im Dunkeln.

Es kam nämlich eine Anfrage aus Frankreich. Aus Cannes. Von einem gewissen Kommissar Bouchard. Ob Sonja Bruckmann in den Sommerferien an der Riviera, vor allem in Cannes und St. Tropez gewesen sei, wollte der wissen. Und ob sie an einem Fotowettbewerb teilgenommen und einen Preis bekommen habe.

Der Kriminalobermeister in Hamburg brummte: »Sorgen haben die in Cannes! Das sind doch alles alte Fische.« Er ließ bei Bruckmann rückfragen und teilte anschließend dem französischen Kollegen fernschriftlich mit: Jawohl, Sonja Bruckmann war in der bewußten Zeit dort und hat bei einem Fotowettbewerb in St. Tropez für ein Strandbild den zweiten Preis gewonnen.

Merkwürdigerweise hatte der Hamburger Kriminalist offensichtlich ein Brett vor dem Kopf. Obwohl er andere Fälle dank seiner guten Spürnase hervorragend gelöst hatte, sah er jetzt keinen Zusammenhang zwischen dem Verschwinden Sonja Bruckmanns und dem preisgekrönten Foto. Dabei war dies der einzige Schlüssel zu dem Geheimnis. Wer konnte aber auch ahnen, daß eine junge deutsche Touristin während der Ferien zufällig in Frankreich den obersten geheimen Boß eines Gangstersyndikats fotografiert hatte und deshalb auf Nimmerwiedersehen verschwinden sollte?

Als es Abend wurde, unterbrach Ricardo Bombani die Autoreise durch Frankreich und fuhr wiederum von der großen Straße ab in einen Wald. Das war nördlich von Dijon, in der zauberhaften Côte d'Or, wo ein Wein wächst, bei dem Kenner mit der Zunge schnalzen. Hier gedeiht an den Hängen der Chablis, hier reift in großen Fässern der berühmte Burgunder. Ein Fleckchen Erde, das Gott besonders gesegnet hat.

Bombani war in Hochstimmung. Die Nacht kam. Eine Nacht mit Sonja. Eine Nacht auf Liegesitzen neben einem jungen Mädchen, in das er sich verliebt hatte. Wie zu einer Hochzeitsfeier deckte er den Tisch auf dem weichen, vom Sonnentag noch warmen Waldboden. Dann klappte er im Auto die Liegesitze herunter und entkorkte die Flasche Rotwein aus La Chapelle.

Nachdenklich sah ihm Sonja zu. Wie komme ich aus dieser Situation heil wieder heraus, dachte sie. Vollkommen klar war es ihr, daß sie an einem sehr kritischen Punkt ihrer Reise angelangt war.

»Ist das Leben nicht manchmal herrlich?« fragte Bombani und breitete die Arme aus. Der Himmel überzog sich mit rotgeränderten Wolken, die langsam, wie Theaterkulissen, golden und dann lilarot wurden. Eine wunderbare, reizvolle Abendstimmung breitete sich über das gesegnete Weinland aus. Wenn der Wind von den Weingärten herüber in den Wald wehte, war es Sonja, als bringe er den Duft der Trauben mit. »Bitte Platz nehmen! Das Souper kann beginnen!«

Sonja ließ sich auf der ausgebreiteten Decke nieder, während Bombani Brot schnitt, die Wurst von der Pelle befreite und den wundervoll tiefroten Wein in simple Becher aus Plastik goß. Er nahm sofort einen tiefen Schluck und rief: »Oh, Sonja, Sie sind feurig wie der Wein!« Überrascht von seinem Ausbruch, legte sie den Kopf etwas schief.

»Wie können Sie das beurteilen, Ricardo?«

»Ich denke noch oft an Hamburg«, rief er, »an den Tag, an dem Sie so wütend waren und diesen Hamburger Lümmel abservierten – es war ein Genuß, das zu sehen. Diese wilden Augen, dieser vor Temperament zitternde Körper! Wie feurig müssen Sie erst in den Armen eines richtigen Mannes sein!«

»Und dieser Mann sind Sie, nicht wahr?«

Bombani beugte sich lächelnd vor. Leider war die Möglichkeit einer Annäherung begrenzt, denn zwischen ihm und Sonja lagen Brot, Butter und Wurst. Einige Waldameisen krochen über die Decke; Bombani schnippte sie mit den Fingern weg. »Sie sollten es aufgeben, die Unnahbare zu spielen und sich zu verstecken.«

»Wieso? Was meinen Sie?«

»Ich fühle es, daß Sie mich mögen. Ganz deutlich fühle ich das!«

Sonja mußte lachen. »Na ja, unsympathisch sind Sie nicht. Aber wie soll ich vergessen, daß...« Ganz plötzlich wurde sie wieder ernst und setzte sich kerzengerade hin. »Mir kommt da ein böser Verdacht, Ricardo! Seien Sie ehrlich: Das mit dem Auftrag aus Cannes... der Befehl, mich zu entführen... es ist eine Lüge, nicht wahr? Ein ganz raffiniert ausgedachter Schwindel, wie? Sie haben mich aus eigenem Entschluß gekidnappt in der Hoffnung, mich auf dieser gewaltsamen Reise erobern und verführen zu können. Sie haben sich zusammenfantasiert: Fahr mit ihr mal quer durch Europa, dann gewöhnt sie sich an dich, und wir werden ein richtig schönes Liebespaar. Ist es so, Ricardo?«

»Wenn Sie ›Ricardo‹ sagen, bin ich unbesehen bereit, alles zu gestehen.« Er seufzte tief. »Aber bei dieser Sache wäre es... Leider haben Sie unrecht. Ich bin gezwungen, Sie nach Cannes zu bringen.«

»Zu wem?«

»Das darf ich Ihnen nicht sagen.«

»Ach!« Sonja warf ihr angebissenes Brot hin und schüttete in gespielter Wut ihren Becher Wein ins Gras. »Sie entführen mich, haben Geheimnisse vor mir, folgen verbrecherischen Befehlen – und dann bilden Sie sich ein, ich könnte mich von Ihnen vernaschen lassen. Denken Sie, ich bin pervers? Ein mannstolles, lüsternes Luder? Da sind Sie aber falsch gewickelt! Oder haben Sie eine sexuelle Macke und bumsen jede, die Ihnen vor die Flinte kommt, ganz egal, ob sie will oder nicht?«

Sie sprang auf, schüttelte ihre langen blonden Haare und stampfte mit den Füßen auf. Das ist die Gelegenheit, dachte sie. Damit halte ich ihn mir vom Leibe. Der Konflikt wird ihn mehr beschäftigen als sein Begehren.

Bombani starrte sie bewundernd an. Er liebte solche wilden, hemmungslosen Szenen, auch wenn er jetzt das Opfer war. Welch ein Mädchen, welch ein Weib! Sie zu erobern, das ist selbst die Lebensgefahr wert, in die ich damit gerate. Aber sie muß es auch selbst wollen, sonst ist es kein echter Sieg.

»Ich gehe jetzt schlafen«, sagte Sonja, nahm ihre Decke vom Waldboden und fügte hinzu: »Ich schließe mich im Wagen ein.«

»Bella bionda!« Bombani sprang nun ebenfalls auf. »Sie wollen mich im Freien schlafen lassen?«

»Natürlich.«

»In der Nachtkälte?«

»Es ist noch Sommer, und Sie sind doch sicher abgehärtet.«

»Nein, das bin ich nicht! Ich bin ein anfälliger Mensch. Ich bekomme schnell einen Schnupfen. Stellen Sie sich den Anblick vor, wenn ich vor Ihnen stehe mit tropfender Nase...«

Sonja mußte schon wieder lachen. Sie fühlte sich in seltsame Widersprüche verstrickt. Bombani war ein Gauner, ein Verbrecher, ein Lügner, ein Lump – aber er war von allen Gaunern sicherlich der charmanteste. Er hatte einen guten Kern. Er nutzte es nicht aus, daß sie sich in seiner Gewalt befand. Ein anderer Kerl hätte sie schon längst brutal vergewaltigt. Deshalb durfte sie das Spiel auch nicht zu weit treiben und mußte es vermeiden, ihn allzusehr zu reizen.

»Wenn Sie mir nicht sagen, wer mich in Cannes unbedingt sehen will...« versuchte sie ihn noch einmal zu provozieren. Bombanis Gesicht zerknitterte wie Papier.

»Das Leben ist so kurz, und man hat es nur einmal... da sollte man es sich so schön wie möglich machen«, meinte er vieldeutig.

Sonja spürte die Bedrohung. Erneut überfiel sie eine unbestimmte Angst. Wer wartete da in Cannes auf sie? Was wollte der Unbekannte?

Solange sie mit Bombani allein war, geschah ihr nichts. In Cannes aber würde etwas Schreckliches auf sie zukommen. Was sollte sie also tun?

Vor allem mußte sie Bombani bei guter Laune halten und die Reise nach Cannes verzögern. Vielleicht löste sich alles ganz plötzlich irgendwie von selbst. Oder es ergab sich eine Situation, die doch noch eine Flucht ermöglichte.

»Dann kommen Sie«, sagte sie und breitete im Wagen ihre Decke über die rechten Sitze aus, die nun – mit zurückgeklappter Rückenlehne des Vordersitzes – eine weiche Liegestatt darstellten. »Aber ich warne Sie: Sobald Sie mich anfassen, zerkratze ich Ihnen das Gesicht und mache Ihnen auf der Weiterreise Schwierigkeiten, daß Ihnen Hören und Sehen vergeht. Ist das klar, Ricardo?«

»Vollkommen, bella.« Bombani sah unglücklich aus. Er war mit sich unzufrieden, er verstand sich nicht. Wieso benahm er sich, der große Frauenheld der Riviera, ausgerechnet bei diesem deutschen Mädchen so plump und unsicher? Was hatte sie Besonderes an sich? Wieso hatte man das unangenehme Gefühl, sie habe um sich herum eine unsichtbare, aber unüberwindliche Mauer aufgerichtet? Seine bisherigen Abenteuer hatten da anders ausgesehen. Die Frauen liefen ihm sonst nach. Sie standen Schlange, um in seinem kleinen, schnellen, knallroten Sportwagen mitzufahren zu den verschwiegenen Buchten, wo ein Bikini wie ein hochgeschlossenes Kleid aus Großmutterzeiten wirkte. Und nun als erschreckender Gegensatz diese Sonja aus Deutschland – wieso gab sie sich derart unnahbar, und warum ließ er sich das gefallen?

Schweigend packte er die Reste des unterbrochenen Abendessens, das er sich so schön vorgestellt hatte, wieder in den Korb, schüttelte seine Decke aus, machte sich im Auto sein Lager auf der linken Seite und streckte sich aus. Seine Beine klemmte er unter das Armaturenbrett. Anscheinend hatten die Autokonstrukteure damit gerechnet, daß nur kleine Menschen den Wunsch haben könnten, im Wagen zu schlafen. Wer so groß war wie Bombani, lag auf den Liegesitzen wie in einem Schraubstock eingespannt.

Dunkelheit hatte sich schnell über das Land gebreitet. Der Himmel war sternenlos; eine grauschwarze Wolkenschicht hatte sich über ihn geschoben. Irgendwo im Wald knackte und raschelte es, unbekannte Stimmen und Laute klangen auf. Auch in der Nacht ist Leben im Wald. Sonja rollte sich noch fester in die Decke und starrte gegen die Bespannung des Autodaches.

»Angst?« fragte Bombani.

»Ich übernachte zum erstenmal in einem Auto – noch dazu mit einem fremden Mann. Aber man gewöhnt sich an alles, sogar an eine Entführung. Eines merken Sie sich, Ricardo: Ich habe einen leichten Schlaf. Wagen Sie es bloß nicht, mich im Schlaf zu küssen oder sonstwas zu unternehmen. Das würde Ihnen schlecht bekommen!«

Demonstrativ drehte er sich auf die Seite, um zu beweisen, daß er brav sein wollte. Aber würde es auch so bleiben? Die Nacht war schließlich lang.

Sonja wollte wach bleiben, jedenfalls so spät wie möglich einschlafen, aber schon bald überfiel die Müdigkeit sie mit aller Macht. Sie schlief ebenso schnell ein wie Bombani. Ruhig atmend lagen sie nebeneinander, während draußen die Wolkendecke aufriß und ein bleicher Mond die Landschaft der guten Weine in ein milchiges Licht tauchte.

Es mochte etwa gegen drei Uhr morgens sein, als sich durch den Wald Schritte näherten. Trockene Zweige knackten, dann hörte man das leise Quietschen eines ungeölten Rades.

Eine dunkle Gestalt tauchte zwischen den Bäumen auf. Sie kam aus der Richtung der Weinhänge und schob ein altes Fahrrad neben sich her. Auf den Gepäckträger des Rades war ein Sack geschnallt, der vermutlich die gesamte Habe des einsamen Mannes enthielt.

Beim Anblick des unbeleuchteten amerikanischen Wagens mitten im Wald blieb er verblüfft stehen, lehnte dann sein Rad an einen Baum und kam auf Zehenspitzen langsam näher.

Zunächst umkreiste er das Auto in einem weiten Abstand. Schließlich räusperte er sich, wartete und schlich zur vorderen rechten Tür. Ein schneller Blick enttäuschte ihn etwas. Er hatte ein Liebespaar erwartet. Nackte Körper, die sich in leidenschaftlicher Umarmung aneinander berauschten. Menschen, die in sexueller Ekstase alles andere vergaßen und nichts von dem wahrnahmen, was um sie herum geschah. Statt dessen waren da ein Mädchen und ein Mann, die ruhig dalagen. In Decken eingerollt schliefen sie auf den Polstern.

Der nächtliche Besucher überlegte und kam zu der Überzeugung, daß dies ein Geschenk des Schicksals war. Hier hatte er alles vor sich, was man zum Leben braucht: ein großes fahrtüchtiges Auto, eine verführerisch schöne junge Frau – und sicherlich auch eine Brieftasche mit Geld. Man brauchte nur die Tür zu öffnen, die Hände ganz schnell um den Hals des Mannes zu legen und fest zuzudrükken. Er würde gar nicht mehr dazu kommen, sich zu wehren und schon im Himmel oder in der Hölle sein, bevor er überhaupt begriff, was passiert war. Was anschließend mit der Frau geschah, hing von ihr selbst ab. Entweder machte sie mit, dann gab es ein paar wollustvolle Liebesspiele – oder sie spielte verrückt, dann mußte auch sie dran glauben.

Voller Interesse betrachtete der Fremde den schlafenden Bombani. Er war unschlüssig. Noch einmal ging er um das Auto herum. Jetzt fiel ihm das ovale ›CD‹-Schild auf; es behagte ihm gar nicht. Diplomaten werden besonders intensiv gesucht, wenn man sie vermißt, dachte er. Und das Risiko, einen solchen Wagen zu verkaufen, ist auch zu groß; da kann man leicht hops gehen und landet im

Kittchen... Nein, in diesem Fall mußte er anders vorgehen.

Leise, ganz behutsam, öffnete er die Tür auf Bombanis Seite und tastete mit spitzen, geübten Fingern über dessen Brust, in die Jacke hinein.

Die Brieftasche. Prall gefüllt. Ein noch intensiveres Abtasten überzeugte ihn davon, daß es keine Dokumente waren oder sonst für ihn wertloses Papier, sondern gute Francs-Scheine.

Er steckte die Scheine ein, ein ganzes Bündel, und schob die Brieftasche wieder in den Rock des Schlafenden. Dann sah er im Handschuhkasten nach, beugte sich über die junge Frau und fluchte leise vor sich hin, denn sie lag mit dem Kopf auf ihrer Tasche, benutzte sie als Kissen.

Die Tasche wegzuziehen war zu gefährlich. Lassen wir das, dachte der Strolch; in der Brieftasche war ja genug. Leise schloß er die Türen, ging zum Kofferraum, öffnete ihn und erblickte den Korb. Was da drin war, das brauchte er nicht zu raten, denn durch das Geflecht duftete ihm die Salami entgegen.

Mit schnellen Fingern leerte er den Spankorb, packte alles in seinen Sack auf dem Rad und tauchte dann in der Dunkelheit so lautlos unter, wie er gekommen war. Nur das feine Quietschen seines ungeölten Rades war noch für eine kurze Weile zu hören.

Als der Morgen dämmerte, saß Emile Rampeau – so hieß der Strolch – am Hang eines Weinhügels zwischen den vollen Rebstöcken, trank Bombanis

Rotwein, aß die Salami und kaute an dem köstlichen Weißbrot.

Mon dieu, die Welt ist schön! Sie ist fast ein Schlaraffenland... Speis' und Trank findet man ohne große Mühe auf der Straße.

Als die Sonne über den Horizont kletterte, die Erde zu duften begann und die Lerchen trällernd in den blauen Himmel stiegen, legte sich Emile Rampeau in eine warme Erdsenke, faltete die Hände über dem satten Bauch und schlief zufrieden ein.

Das war etwa um die Zeit, da Sonja und Ricardo Bombani erwachten. Zuerst wurde Bombani von der Sonne geweckt, gähnte, schrak dann empor und brauchte ein paar Sekunden, ehe ihm klar wurde, wo er sich befand. Leise schälte er sich aus seiner Decke, öffnete die Autotür und stieg ins Freie. Der Morgen war noch kühl, aber erfüllt von einer köstlichen Frische. Der Tau verdunstete bereits, die Erde atmete. Er nahm ein paar tiefe Züge von dieser Luft, machte einige Kniebeugen und lief dreimal um den Wagen herum. Unvermutet unterbrach lautes Lachen seinen Frühsport; Sonja hatte die Fensterscheibe heruntergekurbelt und klatschte in die Hände.

»Für die nächste Olympiade reicht es noch nicht!« rief sie.

»Sie werden sich wundern, bella!« Er zog seine Jacke aus, nahm Anlauf und stieß sich zu einem Flick-Flack ab. Er gelang ihm ganz gut; sein schlanker Körper wirbelte durch die Luft und kam sicher wieder auf die Beine.

Diese Bodenturnübung war schon immer eine

große Nummer Bombanis gewesen. Am Rivierastrand besiegte er damit die härtesten Mädchenherzen und schlug alle Konkurrenten aus dem Feld.

»Na?« fragte er, als er zum Wagen zurückkam. »Wie war's?«

»Sehr gut! Hätte ich Ihnen gar nicht zugetraut.« Sonja kletterte aus dem Wagen und vertrat sich etwas die Beine. »Wenn Sie mir jetzt noch ein Bad servieren können...«

»Wir kommen nach vier Kilometern an den Fluß.« Bombani machte eine weite Handbewegung. »Dann steht Ihnen die schönste Badewanne zur Verfügung.« Er ging zum Kofferraum und öffnete ihn, um den Eßkorb zu holen. »War ich nicht friedlich und folgsam in dieser Nacht?«

»Ihr Glück, Ricardo.« Sonja schüttelte die Decken aus und faltete sie zusammen. »Was gibt es zum Frühstück?«

»Leider nur Wein und Wurst.«

Er griff nach dem Korb, hob ihn hoch und stieß einen Laut aus, als ob jemand ihn gekniffen habe.

»Was ist?« rief Sonja. »Was haben Sie?«

»Der... der Korb...« Bombani schwenkte ihn hin und her. Seine Augen spiegelten fassungsloses Erstaunen. »Der Korb... er ist leer...«

»Leer...? Unmöglich!«

Sie nahm ihm den Korb aus der Hand, klappte ihn auf, war jetzt ebenso fassungslos wie Bombani. Tatsächlich leer – bis auf ein paar Krümel Brot. Völlig leer.

»Aber... gestern abend...« stotterte sie.

Bombani ballte die Fäuste. »Jemand hat uns bestohlen. In der Nacht war einer hier, während wir schliefen, und hat unser Essen geklaut. Ein Dieb, der ...« Er tastete nach seiner Brieftasche, holte sie heraus, blickte hinein und warf sie mit einem fürchterlichen Fluch auf den Waldboden. »Das Geld!« schrie er. »Alles Geld ist weg! Der Kerl war im Wagen und hat mir die Moneten aus der Tasche entwendet!«

Sonja wurden die Knie weich, sie mußte sich auf die Stoßstange setzen. »Im Wagen ...« stammelte sie. »Wir hatten die Türen nicht verriegelt. Er war ... o Gott, was hätte da passieren können ...«

»Jammern Sie nicht um die Unschuld, die keiner geklaut hat! Aber mein Geld ist weg, meine Scheine. Alles! Können Sie sich vorstellen, was das bedeutet? Wir befinden uns mitten in Frankreich und besitzen keinen Centime. Wir können uns nichts zu essen kaufen, wir können kein Benzin mehr bezahlen, wir sind Landstreicher geworden!«

»Rufen Sie doch Ihren mächtigen Freund in Cannes an.«

»Auf keinen Fall!« Bombani setzte sich auf den Kotflügel, so gut das ging. Er wirkte wie ein gebrochener Mann. Corbet anrufen – welch ein verrückter Gedanke! Der würde ja dann sofort merken, wie nachlässig er, Bombani, seine Befehle ausführt. Wenn er erfuhr, daß sie noch nicht viel weiter als bis Dijon gekommen waren, schickte er ihnen glatt einige Killer entgegen, die kurzen Prozeß machen würden ... Nein, an eine Hilfe aus Cannes war überhaupt nicht zu denken.

»Wieviel Geld haben Sie in der Tasche, bella?«

»Mal sehen.« Sonja zählte ihre Piepen und hob dann die Schultern. »Das kann ein Spatz auf dem Schwanz wegtragen. Vierundfünfzig deutsche Mark und neunzig Pfennig. Nicht der Rede wert, wie?«

»Dio mio!« Bombani schlug die Hände zusammen. »Das reicht ja nicht einmal für Benzin! Dieser Mistwagen frißt Benzin, wie eine Kuh Wasser trinkt – eine Katastrophe!« Er stützte den Kopf in beide Hände und starrte trübsinnig in den Wald. Die Sonne glitzerte durch das Geäst der Bäume und zauberte goldene Streifen auf die Stämme und den Boden, doch war Bombani in einer Verfassung, daß er Naturschönheiten nicht mehr aufnehmen konnte. »Wo bekommen wir Geld her? Ohne geht es nicht weiter, aber wir müssen weiter. Was können wir tun?«

»Ich wüßte etwas«, erwiderte Sonja.

»Ja?« Bombani sah sie traurig an.

»Wir nehmen mein Geld, wechseln es ein und rufen vom nächsten Ort aus meinen Vater an. Er schickt telegrafisch jede Summe, wenn er mich wiederbekommt.«

Bombani nickte trüb. »Das haben Sie sich fein ausgedacht. Leider ist es ein Ausweg, der uns verschlossen bleibt. Wir müssen also etwas anderes finden.«

In Hamburg saß Kriminalobermeister Maschner etwas ratlos vor einem Fernschreiben, das soeben eingetroffene war. Kollege Bouchard, der Kommissar aus Cannes, bat darin um Amtshilfe. Man solle doch so freundlich sein, in der Wohnung der verschwundenen Sonja Bruckmann sämtliche Ferienfotos vom Sommer – sowohl die Abzüge als auch die Negative – durchzusehen und nach einem Bild zu fahnden mit Meer, Felsen und Strand und einem Schiff im Hintergrund. Der Vordergrund müsse zwei Personen im Gespräch zeigen.

»Ferienfotos!« sagte Maschner. »Verstehen Sie das? Die haben vielleicht Sorgen in Frankreich!«

Trotzdem schickte er zwei Beamte los, die Thomas Bruckmann in Sonjas Zimmer führte. Er zeigte ihnen die entwickelten Fotos, zwei Fotoalben und die Negative in dem als Buch getarnten Karton. »Bitte, suchen Sie, was Sie brauchen. Ich weiß allerdings nicht, was das soll. Glauben Sie etwa, auf einem der Fotos könnte der Entführer sein?«

Natürlich konnte er nicht ahnen, wie nahe er der Wahrheit war; daß tatsächlich nach einem Bild gesucht wurde, auf dem sich diejenigen Männer befanden, die für Sonjas Entführung verantwortlich waren.

Die Polizisten packten die Bilder, die Alben und die Fotonegative zusammen, schoben sie in einen Pappkarton und verschnürten ihn. »Wir handeln nur im Auftrag«, sagte einer von ihnen. »Näheres können wir Ihnen leider nicht sagen.«

Es war ein bedauerlicher Zufall, daß zu diesem

Zeitpunkt Mischa Heideck nicht mehr im Hause war. Bis vor einer Stunde hatte er sich noch bei Bruckmanns aufgehalten. Wie anders wäre vielleicht alles gekommen, hätte er die Suche nach den Ferienfotos miterlebt. Bestimmt würde er sich daran erinnert haben, daß bei ihm im kleinen Labor noch vier Negative von Sonja lagen. Fotos, die er für eine Ausstellung vergrößern wollte. Unter ihnen befand sich dasjenige Bild, von dem keiner hier wußte, welche Bedeutung es hatte.

An diesem Tag gab es noch einmal Kontakt zwischen Kommissar Bouchard in Cannes und seinem Hamburger Kollegen. Bouchard meldete sich am Telefon und nahm all seine Deutschkenntnisse zusammen, als er fragte, ob sich das Foto mit dem Schiff am Strand und den zwei Personen im Vordergrund angefunden habe.

»Tut mir leid«, antwortete der Hamburger Kriminalobermeister Maschner, »weder unter den Negativen noch unter den Abzügen, die wir in der Wohnung Bruckmann finden konnten, befindet sich das gesuchte Motiv. Allerdings...«

»Ja?« fragte Kommissar Bouchard am anderen Ende der Leitung gespannt. »Was Sie noch wollten sagen an mir?«

»Nun ja, uns ist aufgefallen, daß von einigen Ferienfotos zwar Abzüge da sind, aber keine Negative. Das trifft auf mindestens drei Bilder zu. Möglicherweise hat Sonja Bruckmann diese Negative zu einem Fotografen gebracht – denn daß sie in der kurzen Zeit verloren gegangen sein könnten, ist ja kaum anzunehmen. Warum interessieren Sie sich eigentlich für das Foto?«

»Weil es ischt wischtig für eine Fall, den ich arbeite hier in Cannes und für ganz Frankreisch. Wir könnten denken, daß Mademoiselle Sonja Bruckmann ist ohne ihre Schuld verwickelt damit. Sehr wahrscheinlich für mir und ich Ihnen sagen als Tip, daß Mademoiselle wurde entführt und wohl auf den Weg nach Cannes. Ich passen auf und mag Ihnen Mitteilung machen, sobald ganze Angelegenheit sisch hat mehr entwickelt. Bonjour Monsieur Commissaire!«

»Hallo! Hallo!... Hören Sie, Herr Kollege?...« Kriminalobermeister Maschner schüttelte den Telefonhörer, aber es war keine Störung, sondern Bouchard hatte aufgelegt. »Verstehen Sie das?« fragte er seine Mitarbeiter. »Der Franzose sagt mir, die Bruckmann sei in irgendwas verwickelt und entführt worden und befinde sich vermutlich auf dem Weg nach Cannes, und das Ganze soll mit dem Foto zusammenhängen, das er sucht. Aber absolut sicher schien er nicht zu sein. Auf jeden Fall hätte er das ruhig ausführlicher darstellen können. Wir sitzen hier wie Clowns im Dunkeln und haben keinerlei Anhaltspunkt, um etwas zu unternehmen. Sieht so vielleicht europäische Zusammenarbeit aus? Was halten Sie davon, meine Herren?«

Die anderen Beamten hoben die Schultern. Was sollten sie darauf antworten? So undurchsichtig das Verschwinden dieser Sonja Bruckmann vorerst wirkte, konnte es noch immer sein, daß es sich letzten Endes als harmlos herausstellte. Und was die Information aus Frankreich betraf, so schien sie doch recht fantastisch. Am besten war es, weiterhin abzuwarten.

Kommissar Jean Bouchard in Cannes aber hatte endlich seine lang gesuchte heiße Spur. Seine Vermutung, daß das verschwundene Foto und die Mademoiselle Bruckmann in Hamburg mit Roger Corbet und dem Rauschgiftsyndikat zusammenhingen, verdichtete sich immer mehr zur Gewißheit. Er sorgte dafür, daß alle Zufahrtsstraßen nach Cannes von der motorisierten Gendarmerie überwacht wurden. Unkontrolliert kam niemand mehr in diese Gegend. Und er selbst erschien in der weißen Felsenvilla von Roger Corbet und setzte auf Schocktherapie. Er behauptete einfach: »Jetzt habe ich Sie, mein werter Roger. Jetzt habe ich Sie!«

Corbet ging zu seiner Hausbar und goß sich und Bouchard je einen doppelten Cognac ein. Er benutzte dazu zwei riesige Gläser, in denen das altehrwürdige Destillat trotz der Menge wie verloren wirkte. Sein ungebetener Gast dankte mit einem Kopfnicken, schwenkte den Cognac in dem riesigen Glas, roch daran, brummte anerkennend und nahm einen gut dosierten Schluck.

»Warum lesen Sie so viel James Bond, Kommissar?« fragte Corbet. Noch sah er keinen Anlaß, sich ernsthaft beunruhigt zu fühlen. »Im wirklichen Leben ist das anders.«

»Man muß es individuell sehen«, erwiderte Bouchard. »Es sind ja die Gangster, die sich heutzutage so benehmen wie Filmhelden. Was bleibt da einem kleinen Kriminalbeamten anderes übrig, als mitzuziehen?« Er lehnte sich in dem tiefen Sessel zurück und holte eine Zigarre aus der Brusttasche. Vom Meer her brummte ein Hubschrauber heran und begann, um den Felsen und die Bucht zu kreisen. Corbet zuckte nervös mit den Augenlidern.

»Jaja, so ein Hubschrauber ist ein brauchbares Ding«, stellte Bouchard gemütlich fest. »Die Männer da oben sehen jetzt alles, was bei Ihnen und in der Umgebung Ihres Besitzes geschieht. Nach zwei Stunden werden sie abgelöst. Ich habe die ganze Staffel mobilisieren lassen.«

»Sie sind – verzeihen Sie, Kommissar – ein verrücktes altes Huhn!« rief Corbet dumpf.

»Jung bin ich nicht mehr, leider, da haben Sie recht.« Bouchard dehnte sich wie nach einem erquikkenden Schlaf. »Logisch denken kann ich allerdings noch recht gut. Da wir ganz unter uns sind, wäre es doch angebracht, sich einmal ehrlich miteinander zu unterhalten – falls Sie überhaupt noch wissen, was ehrlich eigentlich bedeutet. Leisten können Sie es sich jetzt jedenfalls, da Sie von hier aus direkt in die Zelle wandern und sich vor Ihrem großen Boß nicht mehr zu verantworten brauchen. Der Fall liegt für mich sonnenklar: Da wird ein in St. Tropez preisgekröntes Foto geklaut und der Fotograf eingeschüchtert, weil man nun auch nach dem Negativ sucht. Als sich herausstellt, daß es im Besitz einer jungen Frau in Hamburg ist, wird diese Frau entführt. Und das alles nur, weil auf dem Bild zwei Männer zu sehen sind. Einer davon ist der uns allen bekannte Roger Corbet, und der andere ... Aha! Um ihn geht es! Um sein Gesicht vor Neugierigen zu verbergen, schreckt man vor keinem Verbrechen zurück, sei es eine Entführung, sei es sogar Mord. Weil es sehr viele solche Neugierige gibt, zum Beispiel die Rauschtgiftfahnder in allen europäischen Ländern, in den USA, im Vorderen Orient und in Asien. Dieses Gesicht gehört nämlich dem obersten Boß einer Organisation, die seit mehr als zehn Jahren tonnenweise Opium nach Europa und Amerika einschleust. Was keiner Polizei jemals gelang, das erreicht ganz zufällig eine junge deutsche Frau: die Entlarvung des geheimnisvollen Chefs der Verbrecherorganisation. Und nun ist sie unfreiwillig auf dem Weg hierher, weil man erstens den Verbleib des Negativs aus ihr herausprügeln und sie zweitens für alle Zeiten verschwinden lassen will. Nur so kann das Geheimnis des großen Unbekannten gewahrt bleiben ... nur so *könnte* es gewahrt bleiben, wenn nicht dieser dumme Fehler in der Berechnung wäre: Derjenige, der Sonja Bruckmann in Hamburg entführt hat und sie hierher bringt, weiß ja nicht, daß nicht nur sein Auftraggeber, sondern auch die Polizei ihn erwartet. Er wird uns also ahnungslos in die Arme laufen.«

»Diesen fantasievollen Krimi kauft Ihnen jeder Fernsehsender mit Kußhand ab. Haben Sie noch mehr solcher abenteuerlichen Märchen auf Lager?« Corbet ging zu dem großen runden Panoramafenster und starrte auf das blaue Meer. Der Hubschrauber kreiste über der Bucht wie eine Riesenlibelle. Die Situation war doch gefährlicher als er beim Auftauchen des Kommissars angenommen hatte. Woher kannte Bouchard die Zusammenhänge? Wie konnte man jetzt Bombani warnen? Wo trieb er sich mit dem deutschen Mädchen herum? Er hätte längst da sein müssen.

Corbet hüstelte nervös. Er sah nun ein, daß er mit Ricardo Bombani den falschen Mann nach Hamburg geschickt hatte. Erst versagte er beim Auffinden des Fotonegativs, und dann hielt er den Zeitplan der Entführung nicht ein und verschafft damit der Polizei einen Vorsprung. Wäre er mit dieser Deutschen bereits in Cannes eingetroffen gewesen, bevor der Kommissar hier im Haus auftauchte, würde Bouchard verloren haben. Jetzt war es kaum noch möglich, die Sache zum Guten zu wenden. Laut aber sagte Corbet:

»Sie werden sehen, Kommissar, daß alles nur ein blinder Alarm ist. Und eines schwöre ich Ihnen: Wenn sich meine Unschuld erwiesen hat, dann Gnade Ihnen Gott! Sie werden keinen ruhigen Lebensabend genießen können!«

»Über Ihre Drohungen kann ich nur lachen.« Bouchard schlug die Beine übereinander. »Bereiten Sie sich lieber darauf vor, daß Sie in Kürze Ihre bombastische Felsenvilla für lange Zeit verlassen müssen. Aber mit wenig Gepäck! Wie Sie ja schon wissen, dürfen Sie eine Zahnbürste mitnehmen, mehr aber auch nicht!«

Nach den Kilometerangaben auf der Autokarte hatte Bombani ausgerechnet, daß das Benzin noch bis Lyon reichte, wenn man keinen Umweg machte. Von Lyon bis Cannes aber waren es dann noch...

Er faltete die Karte wieder zusammen; er wollte gar nicht wissen, wieviel Kilometer es noch waren. Ob 200 oder 2000, es waren in jedem Fall zuviel. Ohne Geld in der Tasche werden Entfernungen uninteressant; vor allem dann, wenn man gezwungen ist, nirgendwo aufzufallen. Und die paar Piepen von Sonja halfen auch nicht weiter. Es gab nur noch eine einzige Rettung: Er mußte nun doch, so bedenklich das auch sein mochte, Roger Corbet in Cannes anrufen und um Hilfe bitten.

»Was nun?« fragte Sonja. Sie lag in der Sonne, die durch das Geäst der Bäume in goldenen, warmen Streifen fiel.

»Wir fahren erst einmal bis Dijon, dann sehen wir weiter. Wenn Sie vielleicht die Güte haben wollten einzusteigen!«

Sonja erhob sich seufzend und folgte zögernd seiner Aufforderung. Bombani hatte den Wagen wieder tip-top in Ordnung gebracht. Etwa eine Stunde später parkte er vor der Einfahrt nach Dijon an einer Telefonzelle, von der aus er das Auto und Sonja beobachten konnte, trat ein, überlegte kurz, zahlte und wählte.

Als bei Corbet in Cannes das Telefon klingelte, winkte Kommissar Bouchard vergnügt. Er saß noch immer im Sessel und rauchte nun schon die dritte Zigarre. Den Cognac rührte er nicht mehr an; er wollte einen klaren Kopf behalten.

»Heben Sie ab, Roger«, sagte er jovial, »da will Sie jemand sprechen.«

Corbet zögerte; ihm war klar, daß sein Telefonanschluß jetzt überwacht wurde. Wer immer ihn da sprechen wollte, der konnte ihn ganz schön reinreißen, wenn die Polizei mithörte.

»Oder möchten Sie, daß ich abhebe?« fragte Bouchard und machte Anstalten, sich aus seinem Sessel zu erheben.

Corbet blieb keine andere Wahl. »Lassen Sie, ich mach' das schon!« Er nahm den Hörer ab. Sein Gesicht zuckte, als er bereits beim ersten Wort erkannte, wer anrief. Im Abhörwagen der Polizei lief das Tonband.

»Mein Lieber!« rief Bombani aus der Ferne, noch ehe Corbet durch ein Wortspiel eine Warnung hinausschicken konnte. »Ich habe das Mädchen bei mir!« Corbet verdrehte die Augen, nun war eigentlich alles egal; schlimmer konnte es kaum noch kommen. »Aber wir sind bestohlen worden, das ganze Geld ist futsch, und wir sitzen fest und können nicht weiter. Sie müssen mir dringend telegrafisch ein paar Moneten überweisen. Ich sage Ihnen eine Adresse in...«

»Du dämlicher Hund!« unterbrach Corbet ihn heftig. »Bleib, wo der Pfeffer wächst und laß dich hier nie blicken! So was Blödes wie dich gibt es kein zweites Mal!«

Mit Wucht warf er den Hörer zurück auf den Apparat. Kommissar Bouchard rieb sich die Hände. Sein Blick ließ den Gangster nicht los, der jetzt in einer Falle saß.

»Na, mein lieber Roger – das war wohl schachmatt, wie?«

»Ich möchte meinen Anwalt sprechen, Kommissar«, antwortete Corbet steif.

Bouchard legte seine Zigarre in den Aschenbecher aus Onyx. »Wollen Sie ein Geständnis ablegen?«

»Bin ich verrückt? Was soll ich gestehen?«

»Wo ist diese Sonja Bruckmann, die aus Hamburg entführt wurde?«

»Was weiß ich? Ich kenne niemanden, der so heißt.«

»Wer hat Sie eben angerufen?«

»Keine Ahnung. Da hat sich einer einen üblen Scherz erlaubt. Es war ein Unbekannter, und was er sagte, war absoluter Blödsinn. Für mich ergibt das alles kein Bild ... Aber ich sehe schon, Sie glauben mir nicht.«

Der Kommissar erhob sich und stand dann Roger Corbet fast hautnah gegenüber. Die beiden Männer sahen sich für Augenblicke stumm und feindselig an. Dann sagte Bouchard leise, aber scharf: »Wenn dem Mädchen aus Hamburg auch nur ein Haar gekrümmt wird, kommen Sie nicht mehr aus dem Kittchen raus!«

»Keine leeren Versprechungen, Kommissar.« Corbet lachte rauh. Er wandte sich ab und ging zur Tür. Als er draußen zwei Polizisten sah, hielt er ihnen seine Hände entgegen.

Ricardo Bombani kam nach dem Ferngespräch mit Roger Corbet aus der Telefonzelle kurz vor Dijon und setzte sich wieder neben Sonja in das Auto. Er schwieg.

»Was ist?« fragte Sonja nach einer Weile. »Sie sehen plötzlich so blaß aus.«

»Ich weiß es nicht.« Bombani hob die Schultern. »In Cannes scheint etwas passiert zu sein. Corbet war so merkwürdig am Telefon. Ich soll mich dort nicht blicken lassen und bleiben, wo der Pfeffer wächst...«

»Wer ist denn um Himmels willen Corbet?«

»Der Mann, zu dem ich Sie bringen soll. Der Teufel in Person.«

»Vor dem haben Sie Angst?«

»Er ist der zweitmächtigste Halunke im ganzen Mittelmeerraum. Über ihm steht nur noch der geheime Boß, ein gewisser Mister Zero.«

»Aha, jetzt verstehe ich!« rief Sonja. »Eine große Gangsterorganisation. Wahrscheinlich Rauschgift. Aber was hat das mit mir zu tun? Nein, ich weiß: Es geht um Mädchenhandel. Hübsche junge Mädchen, die in Bordelle in den nahen und fernen Osten und nach Afrika verschachert werden. Ich habe schon ein paarmal darüber gelesen. Ist es das, Ricardo? Soll ich deswegen nach Cannes? Das wäre ja schrecklich. Dafür geben Sie sich her?« Sie rückte von ihm ab, so gut es ging.

Bombani schüttelte den Kopf. »Nein, Sie irren sich. Es ist viel einfacher. Jedenfalls begann es ganz harmlos. Mit einem Bild nämlich; einem Foto, das Sie in St. Tropez gemacht und für das Sie im Wettbewerb den zweiten Preis bekommen haben.«

»Das Foto?« Sonja starrte Bombani verständnislos an. Sie erinnerte sich genau an das Bild von der schönen Meeresbucht, in der zufällig gerade eine Jacht ankerte, und dann waren da noch zwei Männer drauf, die sich intensiv unterhielten – diese zwanglose Kombination aus Naturschönheit und Menschenwerk, der Zusammenklang von Meer, Himmel, Erde und Mensch war von ganz besonderem Reiz gewesen und machte das Motiv vieldeutig.

»Es geht um die beiden abgebildeten Männer«, erklärte Bombani. »Der eine davon ist Corbet, mit dem ich gerade telefoniert habe. Und der andere ist der Mann, über dessen Identität niemand Bescheid wissen darf, wenn er nicht am nächsten Tag tot in irgendeiner Gosse liegen will – nämlich Mister Zero, der oberste geheime Boß. Er hat die Parole ausgegeben: Wer das Bild sieht, muß sterben, muß für immer verschwinden.«

»Da wird der Hund in der Pfanne verrückt!« staunte Sonja. »Wer hätte das gedacht? Es gibt wirklich nichts, das es nicht gibt. Aber das Bild müssen doch viele gesehen haben, es ist in dem Fotoladen in St. Tropez ausgestellt worden.«

»Dort hängt es schon lange nicht mehr. Die Organisation hat es dem Fotohändler abgenommen. Der ahnte ja nicht, worum es ging und hat auf die abgebildeten Männer überhaupt nicht geachtet. Aber etwas lief schief: Er besaß das Negativ nicht. Das hatten Sie, Sonja, nach Hamburg mitgenommen. Und eben deshalb wurde ich dorthin geschickt. Zunächst hatte ich bloß den Auftrag, dieses Negativ zu beschaffen. Ich habe alles versucht, sogar bei Ihnen eingebrochen, aber nichts gefunden. Und dann kam ein neuer Befehl: Ich sollte Sie entführen und nach Cannes bringen.«

»Das ist ziemlich undurchsichtig«, meinte Sonja. »Was wollen die in Cannes mit mir ohne das Fotonegativ, das ja noch in Hamburg bei einem ...« Sie unterbrach sich und spürte ein Kribbeln im Rücken. »Sie sagten, wer das Foto gesehen hat, muß sterben. Das würde ja bedeuten, daß ich ... aber ich habe ja von den ganzen Zusammenhängen nichts gewußt, war also gar keine Gefahr für diesen Mister Zero. Es sei denn, die Polizei ist aufmerksam geworden und fahndet nach mir und dem Bild ... richtig, so wird es sein; ich bin zur Gefahr für die Organisation geworden, weil die Polizei mich sucht und ich als einzige weiß, wo das Negativ ist. Wenn die ahnten, daß ein anderer das Bild hat und daß es vielleicht bald ganz groß ...«

Sonja sah Bombani sehr ernst an und sagte: »Ist es Ihnen eigentlich klar, Ricardo, daß Sie ein schrecklich naiver und ahnungsloser Mensch sind? Man könnte fast Mitleid mit Ihnen haben.«

»Ja, Madonna, Sie haben recht«, erwiderte er und sah ziemlich zerknirscht aus. »Ich konnte nicht ahnen, daß ich mich in Sie verlieben würde. Und naiv war ich, als ich hoffte, Sie könnten meine Liebe vielleicht erwidern. Dann hätten wir irgendwohin entfliehen können, in ein Land, wo niemand uns findet ...«

»Ohne Geld in der Tasche«, nickte Sonja, »und durch die Welt gejagt von einer mächtigen Gangsterorganisation. Das ist typisch für Sie. Aber ich meinte etwas ganz anderes: Haben Sie nie daran gedacht, daß Sie ja ebenfalls auf der Todesliste von Mister Zero und Monsieur Corbet stehen? Sie wissen zuviel.«

»Ich habe das Foto nicht gesehen. Ich weiß nicht, wer Mister Zero ist.«

»Aber Sie wissen, daß ein solches gefährliches Foto existiert und warum es gefährlich ist. Und Sie wissen, weshalb ich entführt worden bin, Sie haben es sogar selbst getan. Und Sie sind eingeweiht in die Verbindung von Corbet und Zero... alles todeswürdige Geheimnisse. Glauben Sie mir: Sobald wir in Cannes eintreffen, verschwinden Sie genau so schnell auf Nimmerwiedersehen wie ich. Es gibt nur eine Rettung für uns beide: Wir fahren jetzt hinein nach Dijon, und Sie gehen mit mir zur französischen Polizei und erzählen alles.«

»Unmöglich!« rief Bombani entsetzt. »Die stecken mich sofort ins Gefängnis, und wer weiß, wann ich da wieder rauskomme. Ich bin ein Mensch, der nur in Freiheit leben kann. Ich bin wie ein Adler, der hoch in den blauen Lüften...«

»Psst!« Sonja legte ihm die Hand auf den Mund. Schnell nahm er die Gelegenheit wahr und küßte Sonjas Finger.

Kriminalobermeister Maschner in Hamburg erhielt gegen Mittag wieder ein Fernschreiben. Die junge Mitarbeiterin, die den Zettel hereinbrachte, grinste, als sie sagte: »Ein Amtshilfe-Ersuchen aus Cannes«, und bei diesen Worten das süßsaure Gesicht ihres Chefs bemerkte.

»Was will dieser Bouchard denn schon wieder? Fordert er jetzt die Bikinis von Sonja Bruckmann an?«

»Es geht immer noch um die Fotos. Er bittet dringend darum, noch einmal nach den fehlenden Negativen zu forschen. Nach seiner Meinung können die nur hier sein.«

Der Kriminalobermeister überflog das Fernschreiben; irgendwie hatte er das Gefühl, daß die Sache wichtig war, obwohl sich Bouchards frühere Andeutung, daß Sonja entführt worden sei und sich auf dem Weg nach Cannes befinde, bisher in keiner Weise bestätigt hatte. »Gut, der Kollege soll seinen Willen haben, ich kümmere mich selbst darum – im Interesse der deutsch-französischen Freundschaft, die ja ganz besonders liebevoll gepflegt werden muß, wenn sie blühen und gedeihen soll... Falls jemand nach mir verlangt: Ich bin im Hause Bruckmann.«

Diesmal waren Sonjas Eltern nicht allein im Haus. Mischa Heideck war wieder einmal da, wenn auch müde und nervös.

Thomas Bruckmann kam dem Kriminalbeamten in der Diele entgegen. »Bringen Sie schlimme Nachricht?« fragte er leise, mit hohler Stimme. »Bitte, sagen Sie nichts meiner Frau. Erfinden Sie irgendeine fromme Lüge; sie würde die Wahrheit jetzt nicht überleben.«

Inzwischen war Mischa Heideck dazugetreten und hörte, wie Kriminalobermeister Maschner sagte: »Es gibt keine neuen Informationen. Noch ist also alles offen, Sie sollten die Hoffnung nicht aufgeben. Ich komme jetzt nur noch einmal wegen der Fotos. Wir haben festgestellt, daß einige Negative fehlen, die möglicherweise noch irgendwo hier im Haus liegen. Wenn Sie einverstanden sind, möchte ich vor allem im Zimmer Ihrer Tochter noch mal alles durchsehen.«

»Welche Negative denn?« wollte Mischa wissen.

»Ach ja«, rief Bruckmann, »das habe ich ja ganz vergessen, dir zu sagen. Die Polizei war bereits einmal da und hat alle Fotos mitgenommen, die Sonja aus den Ferien mitbrachte – aber da soll angeblich noch was fehlen. Negative.«

»Es war eine Anfrage aus Cannes.« Maschner hob wie bedauernd die Schultern. »Sie geben keine Ruhe da unten, deswegen möchte ich mich etwas genauer umsehen.«

»Wenn es das ist – da brauchen Sie nicht zu suchen. Die Negative habe ich. Sonja gab sie mir für eine Ausstellung. Ich wollte sie vergrößern.«

»Gott sei Dank! Und wo sind...«

»Bei mir zu Hause. In meinem kleinen Fotolabor.«

»Fahren wir sofort hin! Und dann... oder nein: Ist es Ihnen möglich, die Fotos gleich zu entwickeln?«

»Selbstverständlich!«

»Um so besser! Wir geben die Aufnahmen per Bildfunk sofort nach Cannes durch. Ich bin ja gespannt, was da drauf zu sehen ist.«

Mischa blieb stehen. »Das kann ich Ihnen sagen. Es sind Landschaftsaufnahmen von der Küste. Besonders gut ist eines gelungen, für das Sonja in St. Tropez sogar einen Preis bekommen hat. Es zeigt eine Meeresbucht, ein Ineinanderübergehen von Himmel, Meer und Land, und als interessante Unterbrechung eine Jacht und zwei unbekannte Männer im Gespräch.«

»Zwei unbekannte Männer?« Der Kriminalist wischte sich über die Augen. Er ahnte etwas. »Lieber junger Freund! Kommen Sie schnell! Manchmal hat man wirklich ein Brett vor dem Kopf...«

Bevor das endlich entdeckte Foto in der Presse und im Fernsehen erschien, erhielt es Kommissar Jean Bouchard über die Polizeipräfektur Marseille per Bildfunk. Als er das entscheidende Foto betrachtete, setzte er sich ebenso überrascht wie entsetzt erst einmal nieder.

Ein guter Franzose hat ständig etwas zu trinken im Schreibtisch, sei es Rotwein oder Cognac. Bouchard hatte Cognac, und er trank zwei Doppelstöckige, bevor er sich erneut dem Foto zuwandte.

»Das ist doch nicht möglich!« ächzte er immer wieder. »Das ist doch nicht möglich!«

Aber es war die Wahrheit – auch nach dem Cognac sahen die Gesichter der fotografierten Männer nicht anders aus. Bouchard packte das Bild in eine rote Mappe, klemmte sie unter den Arm und fuhr zum

Polizeipräfekten von Cannes. Es war ein schwerer Gang.

»Wir haben das Haupt des Rauschgiftringes«, sagte Bouchard zu seinem Chef und legte die Mappe auf den Mahagonischreibtisch. »Ein besonderer Sieg unserer Polizei. Hier in dieser Mappe ist der Beweis, ein Foto. Der eine der beiden Manager des Todes sitzt bereits; es ist Roger Corbet. Der andere ... wenn Sie einen Blick auf das Foto werfen wollen, Herr Präfekt!«

Der schlug die Mappe auf, und dann wurde es still in dem großen Zimmer. Im Gesicht des Präfekten zuckte es. Er brachte kein Wort hervor, so fassungslos war er.

In Dijon hatte Ricardo Bombani nur Sonjas deutsches Geld umgetauscht und Benzin getankt und war dann sofort weitergefahren. In dieser alten Residenzstadt der Herzöge von Burgund, heute Hauptstadt des Departements Côte d'Or, wollte er nicht bleiben, sie war ihm mit ihren mehr als 150000 Einwohnern zu groß. Zuviel Polizei lief herum.

Auf der Landstraße nach Macon, einer der schönsten Straßen der Welt, fing er an zu trödeln. Sie führt durch einen Zaubergarten von Wein. Über der Landschaft liegt ein Hauch von Gold. Wohin das Auge blickt: Weinhänge, verträumte winzige Häuser, Dörfer wie aus einer Spielzeugschachtel. Als sie in einer der Weinwirtschaften an der Straße Rast machten, sagte Sonja:

»So geht es nicht weiter. Sie müssen sich entscheiden. Ich mache Ihnen einen Vorschlag, und wenn Sie nüchtern denken, nehmen Sie ihn an. Und zwar werde ich mit meinem Vater in Hamburg telefonieren und die Sache so hinbiegen, wie es für alle Beteiligten am günstigsten ist. Ich verspreche Ihnen, daß Paps für Sie eine dicke Brieftasche mitbringt. Außerdem verpflichtet er sich, Sie nicht anzuzeigen und auch nicht der Polizei zu melden. Sie können also zurück an die Côte d'Azur oder wohin sonst es Sie treibt.«

»Aber nicht ohne Sie, bella!« machte Bombani noch einmal einen Versuch und hob beschwörend beide Hände. Sonja schüttelte den Kopf.

»Bleiben Sie doch auf der Erde, Ricardo. Ich liebe Mischa in Hamburg, und daran wird sich nichts ändern, auch wenn Sie so ungewöhnlich sympathisch sind.«

»Bin ich das?«

»Ja, ganz ehrlich! Aber was ist? Rufen wir in Hamburg bei meinem Vater an?«

Bombani zögerte. Gab es nicht doch vielleicht einen anderen Ausweg? »Ich muß es mir überlegen«, sagte er. »Ich brauche Bedenkzeit. Fahren wir erst noch ein bißchen nach Süden.«

»Jeder Kilometer kostet wertvolle Francs, Ricardo!«

Bombani seufzte, ließ sich indessen nicht umstimmen. Kurz darauf fuhren sie weiter und achteten angesichts der landschaftlichen Schönheiten so wenig auf die Zeit, daß es plötzlich Abend war. Staunend sahen sie sich an.

»Der Tag ist rum«, sagte Sonja. »Mir kommt es vor, als hätte er vor fünf Minuten erst angefangen.«

Sie standen unweit des Städtchens Beaune zwischen Weinhängen, auf denen Trauben reiften für einen Wein, den Genießer nur mit geschlossenen Augen zu schlürfen pflegten; und sie sahen hinüber zu den in der Abendsonne rötlich und violett schimmernden Häusern, ein Bild wie aus einem Zaubermärchen.

»Wir müssen uns ein Plätzchen für die Nacht suchen.« Bombani reckte sich. »Diesmal wird man uns nicht mehr bestehlen, denn wir haben nichts mehr.«

»Auf keinen Fall übernachte ich im Freien!« Sonja schüttelte energisch den Kopf. »Und auch nicht mehr im Auto. Lassen Sie sich was einfallen.«

»Mit den paar Francs?«

»Sie hätten meinen Vater anrufen sollen. Er könnte jetzt schon bald hier sein.«

Bombani schwieg. Dann fuhr er nach Beaune hinein und parkte auf dem Marktplatz. Gemeinsam suchten sie nach einer billigen Übernachtungsmöglichkeit und hatten nach einigem Hin und Her schließlich Glück: In einem uralten Gasthaus, gegründet 1349, mit dem Namen ›Goldener Ochse von Burgund‹, bekamen sie für zehn Francs eine Dachkammer mit einem breiten Doppelbett.

»Was machen Sie denn da?« fragte Sonja erschrokken, als Bombani nach einem kleinen Abendimbiß anfangen wollte, sich auszuziehen. »Lassen Sie das sein, oder ich schreie!«

»Sie werden doch wohl nicht verlangen, daß ich

mit Schuhen ins Bett gehe? Ich kann so beengt nicht schlafen.«

»Im Auto ging es auch!«

»Aber hier ist ein richtiges Bett. Betten üben einen ungeheuren Reiz auf mich aus.«

»Dann trinken Sie kaltes Wasser«, verlangte Sonja, »das kühlt prima ab.« Sie schlug das Federbett zurück und legte sich angezogen auf die dicke Matratze. Bombani seufzte laut und tat es ihr nach, aber die Schuhe streifte er doch von den Füßen.

Sonja lag noch immer wach, als Bombani schon längst schlief und grausam schnarchte. Sie starrte durch die Fensterscheiben in die mondmilchige Nacht und dachte: Morgen ist alles zu Ende, da rufen wir Paps an. Bombani wird bestimmt keine Schwierigkeiten mehr machen. Welch ein Glück habe ich gehabt, daß *er* mich entführt hat und kein anderer. Viel schlimmer hätte alles werden können. Ihr schauderte vor Entsetzen, wenn sie an die tödliche Gefahr dachte.

Unmerklich glitt sie dann doch in den Schlaf und wachte erst wieder auf, als Bombani sie weckte. Es war heller Tag, erneut lag die Sonne Burgunds über den Weinhängen, Lastwagen rappelten durch die Straße, und von irgendwo hörte man das dumpfe Poltern von Holzfässern, die verladen wurden.

»Es ist aus!« rief Bombani. »Das Schicksal hat zugeschlagen!« Er schwenkte eine Zeitung und tanzte in der Kammer herum wie ein Beschwipster.

Sonja schwang sich aus dem Bett und entriß ihm die Zeitung. Es war das ›Echo de Lyon‹. Auf der ersten Seite prangte groß Sonjas Ferienbild von der Bucht bei St. Tropez mit Roger Corbets Jacht und den beiden Männern. Daneben sah man eine Ausschnittvergrößerung, schön retuschiert: Die Köpfe und Gesichter der beiden Männer waren nun klar und deutlich zu erkennen. Darunter verkündete eine dicke Schrift: ›Der geheimnisvolle Chef der größten Rauschgiftschmuggelbande ist entlarvt!‹

Sonja wurden die Knie weich, sie mußte sich wieder auf das Bett setzen. Vom Fenster her nickte Bombani, er schien außer sich vor Freude:

»Sie haben den großen Boß geknipst! Dieses Bild da war ihm jedes Opfer, jedes Verbrechen, jede Gemeinheit wert – aber nun ist es zu spät, jetzt kennt ihn die ganze Welt. Das Handwerk wird ihm gelegt, er wird eingelocht, er ist weg vom Fenster, genauso wie Corbet und seine Spießgesellen!«

Er stürzte auf Sonja zu, schlug die zweite Seite der Zeitung auf und zeigte auf ein anderes Bild. Sonja schrie überrascht auf; sich selbst sah sie da fotografiert zu einem Text: ›Gesucht wird dieses Mädchen, Sonja Bruckmann aus Hamburg. Sie schoß das Gangsterfoto, das wir auf der Titelseite veröffentlichen, und ist vermutlich von der Verbrecherbande entführt worden. Die Bevölkerung wird aufgerufen...‹

Sonja ließ die Zeitung entsetzt sinken und fragte mit großen Augen: »Wissen Sie, was das bedeutet, Ricardo?«

»Ja. Man wird mich nun doch einsperren. Sie haben das Abenteuer für sich entschieden und auf der ganzen Linie gewonnen.« Traurig sah er sie an.

Sie sprang vom Bett auf, rannte zum Waschbekken, schleuderte sich ein paar Hände voll Wasser ins Gesicht, kämmte sich schnell, zog ihre verknautschte Kleidung gerade und rief: »Los, kommen Sie! Wir müssen weg!«

»Wohin?«

»Wir flüchten.«

»Madonna, wir haben ganz Frankreich gegen uns!«

»Wir werden in Hamburg anrufen und warten, bis mein Vater mich abholt. Von irgendwoher telefonieren wir ganz heimlich. Die Polizei darf uns nicht finden – darf *Sie* nicht finden.«

»O bella!« Bombani breitete die Arme aus: »Darf ich Sie küssen?«

»Keine Zeit, Ricardo. Jetzt heißt es: Fort von hier, bevor irgendein Blödmann die Bullen alarmiert.«

Es klappte besser, als sie dachten. Bombani bezahlte das Zimmer, kaufte noch Wein, Brot und Käse beim Wirt und lief dann Sonja nach, die – versteckt hinter ihrer dunklen Sonnenbrille – schon im Auto wartete.

Mit heulendem Motor fuhr Bombani an, und in wenigen Minuten hatten sie Beaune verlassen.

Als der Wirt des ›Goldenen Ochsen von Burgund‹ beim Mittagessen die Zeitung durchblätterte und Sonjas Bild sah und auf ihm seinen Gast der letzten Nacht erkannte, warf er seine Baskenmütze gegen die Wand und fluchte.

Das Benzin in Bombanis Wagen reichte bis Macon, der alten Weinstadt. Dann fing der Motor an zu stottern und setzte schließlich völlig aus. Bombani kaufte noch an einer nahegelegenen Tankstelle zwei Liter Super, kam damit bis mitten in die Stadt und stellte das Auto am Straßenrand ab.

Er legte den Arm um Sonjas Schulter, zeigte auf ein Gebäude und sagte: »Dort ist das Postamt. Rufen Sie Ihren Papa an!«

Nun, da die Trennung bevorstand, kam es ihm vor, als verliere er seinen größten Schatz. Er führte Sonja bis in die Post, nannte am Schalter ihre Hamburger Nummer. Beide warteten sie auf die Verbindung. Es dauerte nicht lange.

»Kabine 1, Mademoiselle!«

Mit klopfendem Herzen ging sie hin und hob mit zitternden Fingern ab, als der Apparat läutete.

»Ja?« sagte sie zaghaft. »Ja, wer ist da?«

Weit, weit in Hamburg antwortete ihr ein Aufschrei.

»Sonja! Sonja! Mein Gott, wo bist du? Von wo rufst du an? Wie geht es dir? Sonja...«

»Mischa...« Sonja lehnte den Kopf gegen den Wandapparat, Tränen traten in ihre Augen, sie konnte kaum noch etwas sehen und fand es ausgesprochen dumm, daß sie in diesem Augenblick weinte statt zu lachen. »Mischa... mir... mir geht es gut... Wo ist Paps?«

»Neben mir... warte...«

»Sonja, mein Mädchen, mein Kleines, meine Große...« Beinahe fremd klang die Stimme ihres Vaters in der Erregung. »Mein Liebling, wo bist du, was machst du?«

»Ach, Paps… Wo ist Mami?«

»Sie… sie ist gerade nicht da«, schwindelte er. »Aber nun sag doch schon, wo du bist!«

Sonja schloß die Augen. »Es ist ja alles gut. Es ist nichts passiert. Ihr braucht euch keine Sorgen mehr zu machen. Holt mich bitte ab. Ich bin in Macon…«

»Wo?« schrie Thomas Bruckmann. »In Macon?«

»Ja. An der Saône. Hinter Dijon. Überall Weingärten, blauer Himmel, Sonne, fröhliche Menschen, es ist so schön hier… Holt mich, Paps! Wir… wir stehen auf dem Marktplatz. Mit einem großen schwarzen Wagen mit einem CD-Schild. Tschüs, Paps!«

Sie legte auf. Sie hatte nicht mehr die Kraft, weitere Fragen zu hören, weinte noch ein paar Minuten in der Kabine und kam dann mit gerötetem Gesicht heraus.

»Dreiundzwanzig Francs«, sagte der Postbeamte.

Bombani zahlte, faßte Sonja am Arm und zog sie aus dem Postamt. »Jetzt sind wir pleite«, sagte er leise.

»Wir haben noch Brot, Käse und Wein – was wollen wir mehr? Bis zum Abend ist mein Vater hier.«

»Ein schrecklicher Gedanke.« Bombani setzte sich in die offene Tür des Wagens. »Ich werde Monate brauchen, um Sie zu vergessen.«

»Aber es muß sein, Ricardo«, sagte Sonja und strich ihm über die schwarzen, zerwühlten Locken.

Als in den Zeitungen die bewußten Fotos erschienen, hatte sich der Polizeipräfekt von Cannes bereits krank gemeldet und war auf dem Wege nach Paris. Zur Erholung, hatte er erklärt. In Wirklichkeit wollte er nicht wiederkommen. Bei dem Besuch von Kommissar Bouchard war er sich vorgekommen wie in einer Wüste ausgesetzt, ohne Hoffnung, trostlos und verlassen. Mit zitternder Hand hatte er den vorbereiteten Haftbefehl unterschrieben, durch den sein bester Freund für immer ins Gefängnis wandern würde – der Präsident der Riviera-Bank, ein bisher scheinbar untadeliger Gentleman, millionenschwer, vielfach geehrt, Spender vieler Stiftungen, Mitglied aller feudalen Clubs...

Bankpräsident Charles du Bonquour, im zweiten Leben ein grausamer, rücksichtsloser, gemeingefährlicher Gangsterboß und Mörder.

Charles du Bonquour als Mister Zero entlarvt – eine unglaubliche und niederschmetternde Sensation.

Ein Sieg für Kommissar Bouchard, der jedoch seinen Triumph nicht auskosten konnte und voller Wut alle Flüche von sich gab, die er kannte. Denn es war etwas passiert, das seine ganze Arbeit zunichte machte: Mr. Zero, der große Boß, war weg. Verschwunden. Wie vom Erdboden verschluckt.

Als Bouchard in der schloßähnlichen Villa des Bankpräsidenten erschienen war, um ihn zu verhaften, begegnete er nur noch den Dienern, die ihm mitteilten, ihr Arbeitgeber sei abgereist. Nach Marseille.

In Marseille erfuhr Bouchard, der Gesuchte sei

weitergeflogen nach Afrika. Dort würde ihn trotz Interpol wohl niemand finden. Es gab sicher genügend Mitwisser und Helfershelfer, die den großen Boß so lange versteckten, bis irgendwo auf der Welt ein neuer Platz für ihn gefunden war, wo er wieder eine Verbrecherorganisation aufbauen konnte. Rauschgift wurde immer und überall abgesetzt. Es gab viele, viel zu viele Süchtige und solche, die es werden wollten oder dazu verführt wurden.

War Bonquour alias Mr. Zero gewarnt worden? Hatte er Ahnungen, ein angeborenes Feingefühl für drohende Gefahr? Niemand konnte Auskunft geben. Der Geheimnisvolle tauchte unter in den Weiten Afrikas...

In Wirklichkeit saß er auf der Terrasse des Hotels Oasis in Tanger; ein weißgekleideter, vornehmer älterer Herr. Er las die Zeitung und trank in aller Ruhe seinen Tee mit Zitrone, aß ein Brötchen und eine halbe Orange und betrachtete das Bild des gesuchten Bankdirektors Bonquour auf der Titelseite. Dann ließ er die Zeitung sinken und blickte über Tanger und das blaue Meer. Der Geschäftsführer des Hotels Oasis kam auf die Terrasse und schwenkte lachend ebenfalls eine Zeitung.

»Ein gutes Bild von Ihnen«, sagte er, »aber mit den gefärbten Haaren und dem Bart wird niemand Sie mehr erkennen.«

Bonquour-Zero nickte. »Außerdem fliege ich übermorgen nach Hongkong und bleibe dort für mindestens zwei Jahre in der Zentrale.«

»Ein guter Schachzug, Monsieur.«

Charles du Bonquour, der große Mr. Zero, sah wieder übers Meer. Er war trotz allem zufrieden. Das Leben und die Freiheit zu retten war mehr wert als vier Schiffsladungen Heroin.

Er reckte sich in der Sonne und beschloß, später ein paar Runden im Swimming-pool zu drehen. Hier im Hotel Oasis war er sicher, hier verriet ihn keiner.

Das Hotel gehörte ihm...

Etwa um diese Zeit bekam der Untersuchungshäftling Roger Corbet Besuch in seiner Zelle. Der Besucher war Kommissar Bouchard.

»Nun werden Sie alles allein ausfressen müssen«, sagte der enttäuschte Kriminalist.

Corbet lächelte überlegen. »Machen Sie sich doch nichts vor, lieber Kommissar. Was wollen Sie mir denn beweisen? Den Mann auf dem Foto habe ich zufällig am Strand getroffen. Er ging allein spazieren und wollte Feuer für seine Zigarette. Erst lange hinterher hab' ich dann erfahren, wer das gewesen ist. War mächtig stolz auf diese flüchtige Bekanntschaft!«

Mit einem ganz neuen Fluch verließ Bouchard gleich darauf die Zelle. Diese Millionengangster sind wie Quallen, dachte er. Sie glitschen einem aus den Händen.

In Hamburg hatte man sich darauf geeinigt, daß Mischa Heideck allein Sonja abholen sollte. Thomas Bruckmann mußte bei seiner noch immer geschwächten Frau bleiben und fühlte sich auch selbst nicht kräftig genug, um neue Aufregungen überstehen zu können.

Mit dem nächstmöglichen Flugzeug ließ Mischa sich nach Paris bringen. In Orly charterte er eine Privatmaschine mit Pilot nach Lyon. Dort mietete er sich einen Sportwagen und raste die Saône hinauf nach Macon. Für ihn gab es keine Weingärten, keinen Duft von Reben und keine goldüberhauchten Hügel. Er fraß Kilometer, flitzte über die Straße und überholte andere Wagen mit heulender Hupe.

Bombani und Sonja saßen gerade auf den Rücksitzen des ohne Benzin nicht mehr fahrbereiten Autos, tranken Wein aus der Flasche und lachten über Erzählungen, die Bombani aus seinem Leben zum besten gab, als Mischa wie ein Irrer aus einer Straße heraus auf den Marktplatz schoß und mit ohrenzerreißendem Quietschen vor dem CD-Wagen bremste. Bombani verschluckte sich, Sonja blieb der Mund offenstehen.

Doch dann schrie sie: »Da ist er!«

Mit einem Satz sprang sie aus dem Wagen, gleichzeitig stürzte auch Mischa aus dem seinen, und beide liefen sich mit ausgebreiteten Armen entgegen, trafen wie zwei Wellen des Meeres aufeinander, verschlangen sich ineinander und erlösten sich von aller Sehnsucht, aller Angst, allem Kummer durch einen langen, seligen Kuß.

»Mischa...«, keuchte Sonja atemlos. »Oh, Mischa!«

»Sonja! Ich liebe dich...«

Wieder küßten sie sich, mitten auf dem Platz, und

keiner nahm davon Notiz, denn Küssen gehört in Frankreich zum Selbstverständlichsten auf dieser Welt.

Bloß Bombani war traurig. »Der Glückliche«, murmelte er und trank den letzten Rest aus der Rotweinflasche. So leer wie diese Flasche war nun sein Leben.

Doch dann regelte sich für ihn alles ganz anders. Mischa hörte zu, was Sonja ihm zu erzählen hatte, und das fand er so großartig, daß er Bombani beide Hände entgegenstreckte:

»Also habe ich es Ihnen zu verdanken, daß Sonja nichts geschehen ist. Eigentlich hatte ich mir vorgenommen, dem Entführer, sobald ich ihm gegenüberstehen würde, den Schädel einzuschlagen – aber so, wie sich die Dinge nun darstellen... Sie sind wirklich der merkwürdigste Ganove unter der Sonne. Und Sie sollen nicht umsonst soviel mitgemacht haben. Wieviel wollen Sie?«

Bombani fuhr auf. Sein schönes Gesicht spiegelte tiefste Beleidigung. »Schenken? Mir? Geld? Monsieur, wären Sie nicht Sonjas Verlobter, ich schlüge Sie zu Boden. Ein Bombani verdient sein Geld!« Er legte die Hand auf Sonjas Schulter. »Sie sind gekommen, Ihre Braut freizukaufen, nicht wahr? Gut – wieviel bieten Sie?«

Mischa lächelte amüsiert. Er machte das Spielchen mit.

»Was dachten Sie, mein Freund?«

»Den Umständen entsprechend muß ich meine Ansprüche herunterschrauben. Nennen Sie eine

Summe, die Sie zum Beispiel benötigen würden, um irgendwo wieder Fuß zu fassen. Ich brauche mindestens zwei neue Anzüge, dazu Schuhe und Socken, Hemden und Krawatten, ferner Unterwäsche, Rasierzeug und Kapital für eine Woche oder zwei Wochen Wohnung, standesgemäß natürlich, und für das Ausleihen eines Sportwagens. Mit dieser Startunterstützung könnte es gelingen, in Alassio vielleicht neue Bekanntschaften zu machen. Dann läuft alles von allein weiter.«

»Welch ein Gauner!« Sonja lachte laut und legte den Arm um Mischa. »So sind die Männer! Pfui!«

»Ich gebe Ihnen fünftausend Mark. Genug?« sagte Mischa.

»Monsieur, Sie sind ein Mann von Welt!« rief Bombani. »Es freut mich, daß gerade Sie Sonja heiraten werden, ich gönne sie Ihnen.«

Der Abschied war kurz, aber herzlich. Addio, bella bionda, dachte Bombani wehmütig. Addio für immer. Ich werde dich wohl nie vergessen, dich und unser seltsames Abenteuer.

Auch Sonja wehte für einen winzigen Augenblick so etwas wie Traurigkeit an. Aber dann kehrte sie mit Mischa zurück nach Lyon zur wartenden Privatmaschine Richtung Paris. Gemeinsam fuhren sie in das herrlichste Abendrot hinein, das sie je gesehen hatten. Der Himmel erstrahlte in Purpur und Gold. Auch die Sonne nahm Abschied. Bis zum nächsten Morgen. Ein neuer Tag, ein neues Leben.

»Von jetzt an«, sagte Mischa leise, »gibt es solche

Alleinausflüge in die Welt nicht mehr. In Zukunft bin ich immer dabei. Wir heiraten in sechs Wochen.«

Sonja nickte und lehnte den Kopf an Mischas Schulter.

Auf ihrem Gesicht war der goldene Abglanz der untergehenden Sonne. Und golden vor Glück war auch ihr Herz.